Das Buch

»Bevor ich zum eigentlichen Thema dieses Erzählwerks komme, zur Familie Bechtold, in die ich am 22. September 1938 nachmittags gegen fünf Uhr im Alter von einundzwanzig Jahren eintrat, möchte ich zu meiner Person einige Erklärungen abgeben, von denen ich zuversichtlich hoffe, daß sie mißverstanden werden und Mißtrauen erwecken.« Wilhelm ist Held wider Willen, »Romantiker, Neurotiker und Idylliker«, wie er von sich selbst sagt, als Soldat Mitglied einer Zwangsgemeinschaft, der er vergeblich zu entkommen versucht und die doch sein ganzes Leben prägt... »Alles, was Heinrich Böll geschrieben hat, ist, metaphorisch gesprochen, ›Entfernung von der Truppe‹«, hat Karl Korn einmal festgestellt. Dies gilt ganz besonders für die vorliegenden sechs Erzählungen aus den Jahren 1958 bis 1964.

Der Autor

Heinrich Böll, geboren am 21. Dezember 1917 in Köln, war nach dem Abitur Lehrling im Buchhandel. Danach Studium der Germanistik. Im Krieg sechs Jahre Soldat. Seit 1947 veröffentlichte er Erzählungen, Romane, Hör- und Fernsehspiele, Theaterstücke, Essays und war auch als Übersetzer aus dem Englischen tätig. 1972 erhielt Heinrich Böll den Nobelpreis für Literatur. Er starb am 16. Juli 1985 in Langenbroich/Eifel.

Heinrich Böll:
Entfernung von der Truppe
Erzählungen

Deutscher
Taschenbuch
Verlag

Sämtliche von Heinrich Böll im Deutschen Taschenbuch Verlag erschienenen Werke sind auf Seite 154f. aufgeführt.

Dezember 1992
Deutscher Taschenbuch Verlag GmbH & Co. KG,
München
© 1977, 1987 Verlag Kiepenheuer & Witsch, Köln
Umschlaggestaltung: Celestino Piatti
Satz: IBV Satz- und Datentechnik GmbH, Berlin
Druck und Bindung: C. H. Beck'sche Buchdruckerei,
Nördlingen
Printed in Germany · ISBN 3-423-11593-9

Inhalt

Der Bahnhof von Zimpren (1958) 7
Als der Krieg ausbrach (1961) 19
Als der Krieg zu Ende war (1962) 40
Keine Träne um Schmeck (1962) 61
Anekdote zur Senkung der Arbeitsmoral (1963) . . 86
Entfernung von der Truppe (1964) 89

Verzeichnis der Erstveröffentlichungen 153

Der Bahnhof von Zimpren

Für die Bahnbeamten des Verwaltungsbezirks Wöhnisch ist der Bahnhof vom Zimpren längst zum Inbegriff des Schreckens geworden.

Ist jemand nachlässig im Dienst oder macht sich auf andere Weise bei seinen Vorgesetzten unbeliebt, so flüstert man sich zu: »Der, wenn der so weitermacht, wird noch nach Zimpren versetzt.« Und doch ist vor zwei Jahren noch eine Versetzung nach Zimpren der Traum aller Bahnbeamten des Verwaltungsbezirks Wöhnisch gewesen.

Als man nahe bei Zimpren erfolgreiche Erdölbohrungen vornahm, das flüssige Gold in meterdicken Strahlen aus der Erde quoll, stiegen die Grundstückspreise zunächst aufs Zehnfache. Doch warteten die klugen Bauern, bis der Preis, da auch nach vier Monaten noch das flüssige Gold in meterdicken Strahlen der Erde entströmte, aufs Hundertfache gestiegen war. Danach zog der Preis nicht mehr an, denn die Strahlen wurden dünner, achtzig, dreiundsechzig, schließlich vierzig Zentimeter dick; bei dieser Dicke blieb es ein halbes Jahr lang, und die Grundstückspreise, die erst aufs Fünfzigfache des Originalpreises gefallen waren, stiegen wieder aufs Neunundsechzigfache. Die Aktien der »Sub Terra Spes« wurden nach vielen Schwankungen endlich stabil.

Nur eine einzige Person in Zimpren hatte diesem unverhofften Segen widerstanden: die sechzigjährige Witwe Klipp, die mit ihrem schwachsinnigen Knecht Goswin weiterhin ihr Land bebaute, während um ihre Felder herum Kolonien von Wellblechbaracken, Verkaufsbuden, Kinos entstanden, Arbeiterkinder in öligen Pfützen ›Prospektor‹ spielten. Bald erschienen in soziologischen Fachzeitschriften die ersten Studien über das Phänomen Zimpren, gescheite Arbeiten, geschickte Analysen, die in den entsprechenden Kreisen entsprechendes Aufsehen erregten. Es wurde auch ein Reportage-Roman ›Himmel und Hölle von Zimpren‹ geschrieben, ein Film gedreht, und eine junge Adlige veröffentlichte in einer illustrierten Zeitung ihre höchst dezenten Memoiren ›Als Straßenmädchen in Zimpren‹. Die Bevölkerungszahl von Zimpren stieg innerhalb von zwei Jahren von dreihundertsiebenundachtzig auf sechsundfünfzigtausendachthundertneunzehn.

Die Bahnverwaltung hatte sich rasch auf den neuen Segen eingestellt: Ein großes, modernes Bahnhofsgebäude mit großem Wartesaal, Benzinbad, Aktualitätenkino, Buchhandlung, Speisesaal und Güterabfertigung wurde mit einer Geschwindigkeit errichtet, die der fälschlicherweise für sprichwörtlich gehaltenen Langsamkeit der Bahnverwaltung offensichtlich widersprach. Der Chef des Verwaltungsbezirks Wöhnisch gab eine Parole heraus, die noch lange in aller Munde blieb: »Die Zukunft unseres Bezirks liegt in Zimpren.« Verdiente Beamte, deren Beförderung bisher am Planstellenmangel gescheitert war, wurden nun rasch befördert, nach Zimpren versetzt, und auf diese Weise sammelten sich in Zimpren die besten Kräfte des Bezirks. Zimpren wurde in einer rasch einberufenen außerordentlichen Sitzung der Fahrplankommission zur D-Zug-Station erhoben. Die Entwicklung gab zunächst diesem Eifer recht: Immer noch strömten zahlreiche Arbeitsuchende nach Zimpren und standen begierig vor den Personalbüros Schlange.

In den Kneipen, die sich in Zimpren auftaten, wurden die gute Witwe Klipp und ihr Knecht Goswin zu beliebten Gestalten; als folkloristischer Überrest, Repräsentanten der Urbevölkerung, gaben beide überraschende Beweise ihrer Trinkfestigkeit und einer Neigung zu Sprüchen, die den Zugewanderten bald schon eine stete Quelle der Heiterkeit wurden. Gern spendeten sie Flora Klipp einige Glas Starkbier, um sie sagen zu hören: »Trauet der Erde nimmer, nimmer traut ihr, denn einhundertacht Zentimeter tief«; und Goswin wiederholte nach zwei, drei Schnäpsen, sooft es verlangt wurde, den Spruch, den die meisten seiner Zuhörer schon aus den Bekenntnissen der jungen Adligen kannten, die sich – zu Unrecht übrigens – auch intimer Beziehungen zu Goswin gerühmt hatte; wer Goswin ansprach, bekam zu hören: »Ihr werdet's ja sehen, sehen werdet ihr's.«

Inzwischen gedieh Zimpren unaufhaltsam; was ein ungeordnetes Gemeinwesen aus Baracken, Wellblechbuden, fragwürdigen Kneipen gewesen war, wurde eine wohlgeordnete kleine Stadt, die sogar einmal einen Kongreß von Städtebauern beherbergte. Die »Sub Terra Spes« hatte es längst aufgegeben, der Witwe Klipp ihre Felder abzuschwatzen, die recht günstig in der Nähe des Bahnhofs gelegen waren und auf eine schlimme Weise zunächst die Entwicklung zu hindern schienen, später aber von klugen Architekten als »äußerst rares Dekorum« städtebaulich eingeplant und gepriesen wurden; so wuchsen Kohlköpfe, Kartoffeln und Rüben genau an der Stelle, wo die »Sub Terra Spes« so gerne ihr Hauptverwaltungsgebäude und ein Schwimmbad für Ingenieure der gehobenen Laufbahn errichtet hätte.

Flora Klipp blieb unerbittlich, und Goswin wiederholte unerbittlich, wie die Respons einer Litanei, seinen Spruch: »Ihr werdet's ja sehen, sehen werdet ihr's.« Mit dem ihm eigenen Fleiß und mit Zärtlichkeit dünnte er weiterhin Rüben aus, pflanzte Kartoffeln in schnurgerader Reihe und beklagte in unartikulierten Lauten den öligen Ruß, der das Blattgrün verunzierte.

Es klang wie ein Gerücht, wurde auch wie ein solches geflüstert: daß die Erdölstrahlen dünner geworden seien; nicht vierzig Zentimeter seien sie mehr dick, sondern – so raunte man sich zu – sechsunddreißig; tatsächlich waren sie nur noch achtundzwanzig Zentimeter dick, und als man offiziell noch ihre Dicke mit vierunddreißig Zentimetern angab, betrug sie nur noch neunzehn. Die halbamtliche Lüge wurde so weit getrieben, daß man schließlich, als nichts, gar nichts mehr der geduldigen Erde entströmte, noch verkünden ließ, der Strahl sei noch fünfzehn Zentimeter dick. So ließ man das Öl, als es schon vierzehn Tage lang überhaupt nicht mehr strömte, offiziell weiterströmen; in nächtlicher Heimlichkeit wurde aus entfernt gelegenen Bohrzentren der »Sub Terra Spes« in Tankwagen Öl herangebracht, das man der ahnungslosen Bahnverwaltung als Zimprensches Öl zur Verladung übergab. Doch setzte man in den offiziellen Produktionsberichten die Dicke des Strahls langsam herab: von fünfzehn auf zwölf, von zwölf auf sieben – und dann mit einem kühnen Sprung auf Null, wobei man das Versiegen als vorläufig bezeichnete, obwohl alle Eingeweihten wußten, daß es endgültig war.

Für den Bahnhof von Zimpren wurde gerade diese Zeit zu einer Blütezeit; wenn auch weniger Tankzüge mit Öl den Bahnhof verließen, so strömten die Arbeitsuchenden gerade jetzt mit einer Heftigkeit nach, die man der Geschicklichkeit des Pressechefs der »Sub Terra Spes« zuschreiben muß; gleichzeitig aber strebten schon die Entlassenen von Zimpren weg, und selbst jene, die beim Abbau der Anlagen noch ganz gut für ein Jahr hätten ihr Brot verdienen können, kündigten, von den Gerüchten beunruhigt, und so erlebten die Billettschalter und die Gepäckaufbewahrung einen solchen Andrang, daß der verzweifelte Bahnhofsvorsteher, der seine besten Beamten kurz vor dem Zusammenbruch sah, Verstärkung anforderte. Es wurde eine außerordentliche Sitzung des Verwaltungsrates anberaumt und rasch eine neue – die fünfzehnte – Planstelle für Zimpren bewilligt. Es soll – wenn man dem Geflüster der Leute glauben darf – auf dieser außerordentlichen Sitzung heiß hergegangen sein; viele Mitglieder des Verwaltungsrates waren gegen die Bewilligung einer neuen Planstelle, doch der Chef des Verwaltungsbezirks Wöhnisch soll gesagt haben: »Es ist unsere Pflicht, dem unberechtigten pessimistischen Gemurmel der Masse eine optimistische Geste entgegenzusetzen.«

Auch der Büfettier der Bahnhofsgaststätte in Zimpren erlebte einen Andrang, der dem am Fahrkartenschalter entsprach: Die Entlassenen mußten ihre Verzweiflung, die Zuströmenden ihre Hoffnung begießen, bis schließlich, da sich beim Bier die Zungen rasch lösten, allabendlich eine beide Gruppen verbindende verzweifelte Sauferei stattfand. Bei diesen Saufereien stellte sich heraus, daß der schwachsinnige Goswin durchaus imstande war, seine Respons aus dem Futur ins Präsens zu transponieren, denn er sagte jetzt: »Nun seht ihr's, sehr ihr's nun?«

Verzweifelt versuchte das gesamte höhere technische Personal der »Sub Terra Spes«, das Öl wieder zum Strömen zu bringen. Ein wettergebräunter, verwegen aussehender Mensch in cowboyartigem Gewand wurde aus fernen Gefilden per Flugzeug herangeholt; tagelang erschütterten gewaltige Sprengungen Erde und Menschen, doch auch dem Wettergebräunten gelang es nicht, auch nur einen einzigen Strahl von einem Millimeter Dicke aus der dunklen Erde zu locken. Von einem ihrer Äcker her, wo sie gerade Mohrrüben auszog, beobachtete Flora Klipp stundenlang einen sehr jungen Ingenieur, der verzweifelt einen Pumpenschwengel drehte; schließlich stieg sie über den Zaun, packte den jungen Mann an der Schulter, und da sie ihn weinen sah, nahm sie ihn an die Brust und sagte beschwichtigend: »Mein Gott, Junge, 'ne Kuh, die keine Milch mehr gibt, gibt nun mal keine Milch mehr.«

Da das Versiegen der Quellen so offensichtlich den Prognosen widersprach, wurde den immer düsterer klingenden Gerüchten als Würze eine Vokabel beigestreut, die die Gehirne ablenken sollte: Sabotage. Man scheute nicht davor zurück, Goswin zu verhaften, zu verhören, und obwohl man ihn mangels Beweises freisprechen mußte, so wurde doch eine Einzelheit aus seinem Vorleben bekanntgegeben, die manches Kopfschütteln verursachte: Er hatte in seiner Jugend zwei Jahre in einem Häuserblock gewohnt, in dem auch ein kommunistischer Straßenbahner gewohnt hatte. Nicht einmal die gute Flora Klipp wurde vom Mißtrauen verschont; es fand eine Haussuchung bei ihr statt, doch wurde nichts Belastendes gefunden außer einem roten Strumpfband, für dessen Existenz Flora Klipp einen Grund angab, der die Kommission nicht ganz überzeugte: Sie sagte, sie habe in ihrer Jugend eben gern rote Strumpfbänder getragen.

Die Aktien der »Sub Terra Spes« wurden so wohlfeil wie fallende Blätter im Herbst, und man gab als Grund für die Aufgabe des Unternehmens Zimpren bekannt: Politische Ursachen, die bekanntzugeben dem Staatswohl widerspreche, zwängen sie, das Feld zu räumen.

Zimpren verödete rasch; Bohrtürme wurden abmontiert, Baracken versteigert, der Grundstückspreis fiel auf die Hälfte seines ursprünglichen Wertes, doch hatte nicht ein einziger Bauer Mut, sich auf dieser schmutzigen, zertrampelten Erde zu versuchen. Die Wohnblocks wurden auf Abbruch verkauft, Kanalisationsröhren aus der Erde gerissen. Ein ganzes Jahr lang war Zimpren das Dorado der Schrott- und Altwarenhändler, die nicht einmal die Güterabfertigung der Bahn frequentierten, da sie ihre Beute auf alten Lastwagen abtransportierten: Spinde und Spitaleinrichtungen, Biergläser, Schreibtische und Straßenbahnschienen wurden auf diese Weise aus Zimpren wieder weggeschleppt.

Lange Zeit hindurch bekam der Chef des Verwaltungsbezirks Wöhnisch täglich eine anonyme Postkarte mit dem Text: »Die Zukunft unseres Bezirks liegt in Zimpren.« Alle Versuche, den Absender ausfindig zu machen, blieben erfolglos. Noch ein halbes Jahr lang blieb Zimpren, da es in den internationalen Fahrplänen als solche verzeichnet war, D-Zug-Station. So hielten hitzig daherbrausende Fernzüge auf diesem nagelneuen Bahnhof mittlerer Größe, wo niemand ein- noch ausstieg; und gar mancher Reisende, der sich gähnend aus dem Fenster lehnte, fragte sich, was sich so mancher Reisende auf mancher Station fragt: »Wozu halten wir denn hier?« Und sah er richtig: Standen Tränen in den Augen dieses intelligent aussehenden Bahnbeamten, der mit schmerzlich zuckender Hand den Winklöffel hochhielt, um den Zug zu verabschieden?

Der Reisende sah richtig: Bahnhofsvorsteher Weinert weinte wirklich; er, der sich seinerzeit von Hulkihn, einer Eilzugstation ohne Zukunft, nach Zimpren hatte versetzen lassen, er sah hier seine Intelligenz, sah seine Erfahrung, seine administrative Begabung verschwendet. Und noch eine Person machte dem gähnenden Reisenden diese Station unvergeßlich: jener zerlumpte Kerl, der sich auf seine Rübenhacke stützte und dem Zug, der hinter der Schranke langsam anzog, nachbrüllte: »Nun seht ihr's ja, sehr ihr's nun?«

Im Laufe zweier trübseliger Jahre bildete sich in Zimpren zwar wieder eine Gemeinde, eine kleine nur, denn die kluge Flora Klipp hatte, als der Grundstückspreis endlich auf ein Zehntel seines ursprünglichen Wertes gefallen war, fast ganz Zimpren aufgekauft, nachdem der Boden von Altwaren- und Schrotthändlern gründlich gesäubert worden war; doch auch Frau Klipps Spekulation erwies sich als voreilig, da es ihr nicht gelang, ausreichend Personal zur Bewirtschaftung des Bodens nach Zimpren zu locken.

Das einzige, das unverändert in Zimpren blieb, war der neue Bahnhof; für einen Ort mit hunderttausend Einwohnern berechnet, diente er nun siebenundachtzig. Groß ist der Bahnhof, modern, mit allem Komfort ausgestattet. Die Bezirksverwaltung hatte seinerzeit nicht gezögert, den üblichen Prozentsatz der Bausumme zur künstlerischen Verschönerung auszuwerfen; so ziert ein riesiges Fresko des genialen Hans Otto Winkler die fensterlose Nordfront des Gebäudes; das Fresko, zu dem die Bahnverwaltung das Motto »Der Mensch und das Rad« gestellt hat, ist in köstlichen graugrünen, schwarzen und orangefarbenen Tönen ausgeführt, es stellt eine Kulturgeschichte des Rades dar, doch der einzige Betrachter blieb, da die Bahnbeamten die Nordseite mieden, lange Zeit der schwachsinnige Goswin, der angesichts des Freskos sein Mittagbrot verzehrte, als er das Gelände, das ursprünglich die Laderampe der »Sub Terra Spes« bedeckte, für die Kartoffelaussaat vorbereitete.

Als der neue Fahrplan herauskam, in dem Zimpren endgültig als D-Zug-Station gestrichen wurde, brach der künstliche Optimismus der Bahnbeamten, den sie einige Monate lang zur Schau trugen, zusammen. Hatten sie sich mit dem Wort Krise zu trösten versucht, so war nun nicht mehr zu übersehen, daß die Permanenz des erreichten Zustandes das optimistische Wort Krise nicht mehr rechtfertigte. Immerhin bevölkerten fünfzehn Beamte – davon sechs mit Familie – den Bahnhof, an dem nun die D-Züge verächtlich durchbrausten; den täglich drei Güterzüge schweigend passierten, auf dem aber nur noch zwei Züge wirklich hielten: ein Personenzug, der von Senstetten kommt und nach Höhnkimme weiterfährt; ein anderer, der von Höhnkimme kommt und nach Senstetten fährt; tatsächlich bot Zimpren nur noch zwei Planstellen, während fünfzehn dort besetzt waren.

Der Chef des Verwaltungsbezirks schlug – kühn wie immer – vor, die Planstellen einfach abzuschaffen, die verdienten Beamten in aufstrebende Bahnhöfe zu versetzen, doch erhob der »Interessenverband der Bahnbeamten« gegen diesen Beschluß Einspruch und verwies – mit Recht – auf jenes Gesetz, das die Abschaffung einer Planstelle so unmöglich macht wie die Absetzung des Bundeskanzlers. Auch brachte der Interessenverband das Gutachten eines Erdölprospektors bei, der behauptete, man habe in Zimpren nicht tief genug gebohrt, habe vorzeitig die Flinte ins Korn geworfen. Es bestehe immer noch Hoffnung auf Erdöl in Zimpren, doch sei ja bekannt, daß die Prospektoren der »Sub Terra Spes« nicht an Gott glaubten.

Der Streit zwischen Bahnverwaltung und Interessenverband schleppte sich von Instanz zu Instanz, gelangte vors Präzedenzgericht, das sich gegen die Bahnverwaltung entschied – und so bleiben die Planstellen in Zimpren bestehen und müssen besetzt gehalten werden.

Besonders heftig beklagte sich der junge Bahnsekretär Suchtok, dem einst in der Schule eine große Zukunft prophezeit worden war, der aber jetzt in Zimpren seit zwei Jahren einer Abteilung vorsteht, die nicht einen, nicht einen einzigen Kunden gehabt hat: der Gepäckaufbewahrung. Dem Vorsteher der Fahrkartenabteilung geht es ein klein wenig besser, aber eben nur ein ganz klein wenig. Den Leuten in der Signalabteilung bleibt immerhin der Trost, daß sie die Drähte – wenn auch nicht für Zimpren – summen hören, was beweist, daß irgendwo – wenn auch nicht in Zimpren – etwas geschieht.

Die Frauen der älteren Beamten haben einen Bridge-Klub gegründet, die der jüngeren ein Federball-Team aufgestellt, aber sowohl den bridgespielenden wie den federballspielenden Damen wurde die Lust verdorben durch Flora Klipp, die sich, da es ihr an Arbeitskräften mangelt, auf den Feldern um den Bahnhof herum abrackerte, nur hin und wieder ihre Arbeit unterbrach, um ins Bahnhofsgebäude hinüberzurufen: »Beamtengesindel, erzfaules.« Auch härtere Ausdrücke fielen, ordinäre, die jedoch nicht literaturfähig sind. Goswin fühlte sich durch die hübschen jungen Frauen, die auf dem Bahnhofsgelände Federball spielten, ebenfalls provoziert und bewies, daß er sein Vokabularium vergrößert hatte, denn er schrie: »Huren, nichts als Huren!« – ein Ausspruch, den jüngere, unverheiratete Bahnbeamte auf seine Bekanntschaft mit der jungen Adligen zurückführten.

Schließlich kamen die jüngeren wie die älteren Damen überein, diesen sich wiederholenden Tadel nicht auf sich sitzen zu lassen; Klagen wurden eingereicht, Termine anberaumt, Rechtsanwälte reisten herbei, und Bahnsekretär Suchtok, der seit zwei Jahren vergeblich auf Kundschaft gewartet hatte, rieb sich die Hände: An einem einzigen Tag wurden zwei Aktentaschen und drei Schirme abgegeben. Doch als er selber diese Gegenstände entgegennehmen wollte, wurde er von seinem Untergebenen, dem Bahnschaffner Uhlscheid, belehrt, daß er, der Sekretär, zwar die Oberaufsicht führe, daß die Entgegennahme der Gegenstände aber seine, Uhlscheids, Aufgabe sei. Tatsächlich hatte Uhlscheid recht, und Suchtok blieb nur der Triumph, daß er abends, als die Gepäckstücke wieder abgeholt wurden, die Gebühren kassieren durfte: fünfmal dreißig Pfennige; das erstemal in zwei Jahren klingelte die nagelneue Registrierkasse.

Der kluge Bahnhofsvorsteher hat inzwischen mit Flora Klipp einen Kompromiß geschlossen; sie hat sich bereit erklärt, ihre – wie sie eingesehen hat – unberechtigten Beschimpfungen einzustellen; außerdem hat sie die Garantie dafür übernommen, daß auch Goswin sich keinerlei Injurien mehr erlauben wird. Als Gegenleistung, jedoch sozusagen privat, da dies offiziell nicht möglich ist, hat er Witwe Klipp die Herrentoilette zur Aufbewahrung ihres Ackergerätes und die Damentoilette zu dem vom Architekten bestimmten Zweck zur Verfügung gestellt. Witwe Klipp darf sogar – doch muß dies streng geheim bleiben, da es weit über die Natur einer Gefälligkeit hinausgeht – ihren Traktor im Güterschuppen unterstellen und ihr Mittagbrot in den weichen Polstern des riesigen Speisesaals einnehmen. Aus reiner Herzensgüte, da ihr der junge Suchtok leid tut, gibt Witwe Klipp hin und wieder ihren Proviantbeutel oder ihren Regenschirm bei der Gepäckaufbewahrung ab.

Nur wenigen Beamten ist es bisher gelungen, von Zimpren versetzt zu werden; doch immer müssen die vakant werdenden Stellen neu besetzt werden, und es ist im Verwaltungsbezirk Wöhnisch längst ein offenes Geheimnis, daß Zimpren ein Strafbahnhof ist: So häufen sich dort Rauf- und Trunkenbolde, aufsässige Elemente, zum Schrecken jener anständigen Elemente, denen es noch nicht gelungen ist, ihre Versetzung durchzudrücken.

Betrübt gab der Bahnhofsvorsteher vor wenigen Tagen seine Unterschrift unter den jährlichen Kassenbericht, der

Einnahmen in Höhe von dreizehn Mark achtzig auswies; zwei Rückfahrkarten nach Senstetten wurden verkauft: Das war der Küster von Zimpren mit seinem einzigen Meßdiener, die zum alljährlich fälligen gemeinsamen Ausflug bis Senstetten fuhren, um dort die herrliche Lourdes-Grotte zu besichtigen; zwei Rückfahrkarten nach Höhnkimme, der Station vor Zimpren, das war der alte Bandicki, der mit seinem Sohn zum Ohrenarzt fuhr; eine einfache Fahrkarte nach Höhnkimme: Das war die uralte Mutter Glusch, die dort ihre verwitwete Schwiegertochter besuchte, um ihr beim Einkochen von Pflaumen zur Hand zu gehen; sie wurde zurück von Goswin auf dem Gepäckständer des Fahrrades mitgenommen; achtmal Gepäck – die beiden Aktentaschen und die drei Regenschirme der Rechtsanwälte, zweimal der Proviantbeutel, einmal der Regenschirm von Flora Klipp. Und zwei Bahnsteigkarten: Das war der Pfarrer, der Küster und Meßdiener an den Zug begleitete und wieder vom Zug abholte.

Das ist eine trübselige Bilanz für den begabten Bahnhofsvorsteher, der sich seinerzeit von Hulkihn weggemeldet hatte, weil er an die Zukunft glaubte. Er glaubt längst nicht mehr an die Zukunft. Er ist es, der immer noch heimlich anonyme Postkarten an seinen Chef schickt, der sogar hin und wieder mit verstellter Stimme anruft, um seinem Chef mündlich zu wiederholen, was auch auf den Postkarten steht: »Die Zukunft unseres Bezirks liegt in Zimpren.«

Neuerdings ist zwar Zimpren zum Pilgerziel eines jungen Kunststudenten geworden, der sich vorgenommen hat, über das Werk des inzwischen verstorbenen Hans Otto Winkler zu promovieren; stundenlang weilt dieser junge Mensch in dem leeren, komfortablen Bahnhofsgebäude, um auf gutes Fotowetter zu warten und dort seine Notizen zu vervollständigen; auch verzehrt er dort sein belegtes Brot, den Mangel eines Ausschanks beklagend. Das lauwarme Leitungswasser ist seiner Kehle widerwärtig; befremdet hat er festgestellt, daß in der Herrentoilette »bahnfremde Gegenstände« aufbewahrt werden. Der junge Mann kommt ziemlich häufig, da er das riesige Fresko nur partiell fotografieren kann; doch leider wirkt er sich nicht positiv auf die Bahnhofskasse aus, denn er ist mit einer Rückfahrkarte ausgestattet und benutzt auch die Gepäckaufbewahrung nicht. Der einzige, der einen gewissen Nutzen aus der Reiselust des Kunststudenten zieht, ist der junge Brehm, ein Bahnschaffner, der wegen Trunkenheit im Dienst nach Zimpren strafversetzt wurde; ihm ist es vergönnt, die Rückfahrkarte des Studenten zu lochen; eine Bevorzugung durch das Schicksal, die den Neid seiner Kollegen erweckt. Er war es auch, der die Beschwerde über den Zustand der Herrentoilette entgegennahm und den Skandal heraufbeschwor, der für einige Zeit Zimpren noch einmal interessant machte. Wohl jeder entsinnt sich noch des Prozesses, der die »bahnfremde Verwendung bahneigener Gebäude« zum Gegenstand hatte. Doch ist auch das längst vergessen. Der Bahnhofsvorsteher erhoffte sich von diesem Skandal eine Strafversetzung von Zimpren weg, doch war seine Hoffnung vergeblich, denn man kann nur *nach* Zimpren strafversetzt werden, nicht *von* Zimpren weg.

Als der Krieg ausbrach

lag ich im Fenster, hatte die Hemdsärmel hochgekrempelt, blickte über Toreinfahrt und Wache hinweg in die Telefonzentrale des Regimentsstabes und wartete darauf, daß mein Freund Leo mir das verabredete Zeichen geben würde: ans Fenster kommen, die Mütze abnehmen, wieder aufsetzen; ich lag, sooft ich konnte, im Fenster und telefonierte, sooft ich konnte, auf Heereskosten mit einem Mädchen in Köln und mit meiner Mutter – und wenn Leo ans Fenster kam, die Mütze abnahm, wieder aufsetzte, würde ich auf den Kasernenhof hinunterlaufen und in der öffentlichen Telefonzelle warten, bis es klingelte.

Die anderen Telefonisten saßen barhaupt da, im Unterhemd, und wenn sie sich vorbeugten, um einzustöpseln, auszustöpseln, eine Klappe hochzuschieben, baumelte aus dem offenen Unterhemd die Erkennungsmarke heraus und fiel wieder zurück, wenn sie sich aufrichteten. Leo hatte als einziger die Mütze auf, nur, damit er sie abnehmen konnte, um mir das Zeichen zu geben. Er hatte einen schweren, rosigen Kopf, weißblonde Haare, war Oldenburger; das erste Gesicht, das man an ihm bemerkte, war treuherzig; das zweite war: unglaublich treuherzig, und keiner beschäftigte sich mit Leo lange genug, um mehr als diese beiden Gesichter zu sehen; er wirkte langweilig wie die Jungengesichter auf Käsereklamen.

Es war heiß, Nachmittag; die seit Tagen währende Alarmbereitschaft war schon abgestanden, verwandelte alle verstreichende Zeit in mißglückte Sonntagsstunden; blind lagen die Kasernenhöfe da und leer, und ich war froh, daß ich wenigstens meinen Kopf aus der Zimmerkameraderie heraushalten konnte. Drüben stöpselten die Telefonisten ein, aus, schoben Klappen hoch, wischten sich den Schweiß ab, und Leo saß da zwischen ihnen, die Mütze auf seinem dichten, weißblonden Haar.

Plötzlich merkte ich, daß der Rhythmus, in dem ein- und ausgestöpselt wurde, sich veränderte; die Armbewegungen verloren das routiniert Mechanische, wurden ungenau, und Leo warf dreimal die Arme über den Kopf: ein Zeichen, das wir nicht verabredet hatten, aus dem ich aber ablesen konnte, daß etwas Außerordentliches geschehen war; dann sah ich, wie ein Telefonist seinen Stahlhelm vom Klappenschrank nahm und ihn aufsetzte; er sah lächerlich aus, wie er da saß, schwitzend im Unterhemd, die Erkennungsmarke baumelnd, mit dem Stahlhelm auf dem Kopf – aber ich konnte nicht über ihn lachen; mir fiel ein, daß Stahlhelmaufsetzen so etwas wie »gefechtsbereit« bedeutete, und ich hatte Angst.

Die hinter mir im Zimmer auf den Betten gedöst hatten, standen auf, steckten sich Zigaretten an und bildeten die beiden bewährten Gruppen; drei Lehramtskandidaten, die immer noch hofften, sie würden aus »volkserzieherischen Gründen« freigestellt, fingen ihr Gespräch über Ernst Jünger wieder an; die beiden anderen, ein Krankenpfleger und ein Kaufmannsgehilfe, fingen ein Gespräch über den weiblichen Körper an; sie machten keine schmutzigen Witze darüber, lachten nicht, sie sprachen darüber, wie zwei ausnehmend langweilige Geographielehrer über die möglicherweise interessante Topographie von Wanne-Eickel gesprochen hätten. Beide Gesprächsthemen interessierten mich nicht. Es mag für Psychologen, für psychologisch Interessierte und für solche, die gerade einen Volkshochschulkursus in Psychologie absolvieren, interessant sein, zu erfahren, daß mein Wunsch, mit dem Mädchen in Köln zu telefonieren, heftiger wurde als je in den Wochen vorher; ich ging an meinen Schrank, nahm meine Mütze heraus, setzte sie auf, legte mich mit der Mütze auf dem Kopf ins Fenster: das Zeichen für Leo, daß ich ihn dringend zu sprechen verlangte. Als Zeichen dafür, daß er mich verstanden hatte, winkte er mir zu, und ich zog meine Jacke an, ging aus dem Zimmer, die Treppe hinunter und wartete am Eingang des Regimentsgebäudes auf Leo.

Es war noch heißer, noch stiller, die Kasernenhöfe waren noch leerer, und nichts hat je meiner Vorstellung von Hölle so entsprochen wie heiße, stille, leere Kasernenhöfe. Leo kam sehr rasch; auch er hatte jetzt den Stahlhelm auf und zeigte eins der fünf weiteren Gesichter, die ich an ihm kannte: gefährlich für alles, was er nicht mochte; mit diesem Gesicht saß er, wenn er Spät- oder Nachtdienst hatte, am Klappenschrank, hörte geheime Dienstgespräche ab, teilte mir deren Inhalt mit, riß plötzlich Stöpsel heraus, trennte geheime Dienstgespräche, um ein dringend geheimes nach Köln zustande zu bringen, damit ich mit dem Mädchen sprechen konnte; später übernahm ich dann die Vermittlung, und Leo telefonierte erst mit seinem Mädchen im Oldenburgischen, dann mit seinem Vater; zwischendurch schnitt Leo von dem Schinken, den seine Mutter ihm geschickt hatte, daumendicke Scheiben ab, schnitt diese in Würfel, und wir aßen Schinkenwürfel. Wenn wenig zu tun war, lehrte Leo mich die Kunst, an der Art, wie die Klappe fiel, den Dienstgrad des Telefonierenden zu erkennen; erst glaubte ich, es genüge, an der bloßen Heftigkeit den jeweiligen Dienstgrad sich steigernd abzulesen: Gefreiter, Unteroffizier usw., aber Leo wußte genau zu unterscheiden, ob ein dienstbesessener Gefreiter oder ein müder Oberst eine Verbindung verlangte; sogar die Unterschiede zwischen ärgerlichen Hauptleuten und gereizten Oberleutnants – sehr schwer zu erkennende Unterschiede – las er von der herunterfallenden Klappe ab, und im Laufe des Abends kamen seine anderen Gesichter zum Vorschein: entschlossener Haß; uralte Tücke; mit diesen Gesichtern wurde er plötzlich pedantisch, sprach sein »Sprechen Sie noch«, seine »Jawolls« ganz korrekt aus und wechselte mit beunruhigender Geschwindigkeit die Stöpsel so aus, daß ein Dienstgespräch über Stiefel zu einem über Stiefel und Munition wurde, das andere über

Munition zu einem über Munition und Stiefel, oder in das Privatgespräch eines Hauptfeldwebels mit seiner Frau sprach plötzlich ein Oberleutnant hinein: »Ich bestehe auf Bestrafung, ich bestehe darauf.« Blitzschnell wechselte Leo dann die Stöpsel wieder so aus, daß die Stiefelpartner wieder beide über die Stiefel, die anderen wieder über Munition sprachen und die Hauptfeldwebelsfrau mit ihrem Mann wieder über ihre Magenbeschwerden sprechen konnte. Wenn der Schinken aufgegessen war, Leos Ablösung kam und wir über den stillen Kasernenhof auf unser Zimmer gingen, war Leos letztes Gesicht da: töricht, auf eine Weise unschuldig, die ganz anders war als kindliche Unschuld.

Zu jeder anderen Zeit hätte ich über Leo gelacht, wie er da vor mir stand, mit dem Stahlhelm, dem Symbol ungeheurer Wichtigkeit, auf dem Kopf. Er blickte an mir vorbei, über den ersten, den zweiten Kasernenhof, zu den Pferdeställen hin; seine Gesichter wechselten von drei auf fünf, von fünf auf vier, und mit seinem letzten Gesicht sagte er zu mir: »Es ist Krieg, Krieg, Krieg – sie haben's geschafft.« Ich sagte nichts, und er sagte: »Du willst natürlich mit ihr sprechen?«

»Ja«, sagte ich.

»Mit meiner hab' ich gesprochen«, sagte er, »sie kriegt kein Kind, ich weiß nicht, ob ich mich darüber freuen soll. Was meinst du?«

»Sei froh«, sagte ich, »ich glaube, es ist nicht gut, im Krieg Kinder zu haben.«

»Generalmobilmachung«, sagte er, »Gefechtsbereitschaft, bald wird es hier wimmeln – und es wird lange dauern, bis wir wieder mit den Rädern wegkönnen.« (Wenn wir dienstfrei hatten, waren wir mit den Rädern über Land, in die Heide gefahren, hatten uns von den Bauersfrauen Spiegeleier braten und Schmalzbrote machen lassen.) »Der erste Kriegswitz ist schon passiert«, sagte Leo: »Ich bin wegen besonderer Befähigung und besonderer

Verdienste um das Telefonwesen zum Unteroffizier befördert – geh jetzt in die Öffentliche, und wenn es in drei Minuten nicht klingelt, degradiere ich mich wegen Unfähigkeit.«

In der Telefonzelle stützte ich mich auf das Telefonbuch ›Oberpostdirektion Münster‹, steckte mir eine Zigarette an und blickte durch eine Lücke in der Drahtglaswand über den Kasernenhof; es war nur eine Hauptfeldwebelsfrau zu sehen, ich glaube, in Block 4; sie begoß aus einer gelben Kanne ihre Geranien; ich wartete, blickte auf die Armbanduhr: eine Minute, zwei, und ich erschrak, als es wirklich klingelte, erschrak noch mehr, als ich sofort die Stimme des Mädchens in Köln hörte: »Möbelhaus Maybach, Schubert...«, und ich sagte: »Ach, Marie, es ist Krieg, Krieg« – und sie sagte: »Nein.« Ich sagte: »Doch«, dann blieb es eine halbe Minute still, und sie sagte: »Soll ich kommen?«, und noch bevor ich spontan, meiner Stimmung gehorchend: »Ja, ja, ja« gesagt hatte, schrie die Stimme eines wahrscheinlich ziemlich hohen Offiziers: »Munition brauchen wir, wir brauchen dringend Munition.« Das Mädchen sagte: »Bist du noch da?« Der Offizier brüllte: »Schweinerei«; inzwischen hatte ich Zeit gefunden, darüber nachzudenken, was mir an der Stimme des Mädchens fremd, fast unheimlich gewesen war: Sie hatte so nach Ehe geklungen, und ich wußte plötzlich, daß ich keine Lust hatte, sie zu heiraten. Ich sagte: »Wir rücken wahrscheinlich heute nacht noch aus.« Der Offizier brüllte: »Schweinerei, Schweinerei« (es schien ihm nichts Besseres einzufallen), das Mädchen sagte: »Ich könnte den Vier-Uhr-Zug noch kriegen und gegen sieben dort sein«, und ich sagte rascher, als höflich gewesen wäre: »Es ist zu spät, Marie, zu spät« – dann hörte ich nur noch den Offizier, der offenbar nahe dran war, verrückt zu werden. Er schrie: »Kriegen wir nun die Munition oder nicht?« Und ich sagte mit steinharter Stimme (das hatte ich von Leo gelernt): »Nein, nein, Sie bekommen keine Munition, und wenn Sie verrecken.« Dann legte ich auf.

Es war noch hell, als wir Stiefel von Eisenbahnwaggons auf Lastwagen luden, aber als wir Stiefel von Lastwagen auf Eisenbahnwaggons luden, war es dunkel, und es war immer noch dunkel, als wir wieder Stiefel von Eisenbahnwaggons auf Lastwagen luden, dann war es wieder hell, und wir luden Heuballen von Lastwagen auf Eisenbahnwaggons, und es war immer noch hell, und wir luden immer noch Heuballen von Lastwagen auf Eisenbahnwaggons; dann aber war es wieder dunkel, und genau doppelt so lange, wie wir Heuballen von Lastwagen auf Eisenbahnwaggons geladen hatten, luden wir Heuballen von Eisenbahnwaggons auf Lastwagen. Einmal kam eine kriegsmäßig aufgemachte Feldküche, wir bekamen viel Gulasch und wenig Kartoffeln, und wir bekamen richtigen Kaffee und Zigaretten, die wir nicht zu bezahlen brauchten; das muß im Dunkeln gewesen sein, denn ich erinnere mich, eine Stimme gehört zu haben, die sagte: Bohnenkaffee und Zigaretten umsonst, das sicherste Zeichen für Krieg; ich erinnere mich nicht des Gesichts, das zu dieser Stimme gehörte. Es war wieder hell, als wir in die Kaserne zurückmarschierten, und als wir in die Straße einbogen, die an der Kaserne vorüberführte, begegnete uns das erste ausrückende Bataillon. Voran marschierte eine Musikkapelle, die ›Muß i denn, muß i denn‹ spielte, dann kam die erste Kompanie, deren Gefechtswagen, dann die zweite, die dritte und schließlich die vierte mit den schweren Maschinengewehren. Auf keinem, nicht auf einem einzigen Gesicht sah ich eine Spur von Begeisterung; es standen natürlich Leute an der Straße, auch Mädchen, aber ich sah nicht einmal, daß jemand einem Soldaten einen Blumenstrauß ans Gewehr steckte; es lag auch nicht der Hauch einer Spur von Begeisterung in der Luft.

Leos Bett war unberührt; ich öffnete seinen Spind (eine Stufe der Vertraulichkeit mit Leo, die die Lehramtskandidaten kopfschüttelnd als »zu weit gehend« bezeichneten); es war alles an seinem Platz: das Foto des oldenburgischen Mädchens, sie stand, auf ihr Fahrrad gelehnt, vor einer Birke; die Fotos von Leos Eltern; deren Bauernhof. Neben dem Schinken lag ein Zettel: »Ich bin zum Divisionsstab versetzt, du hörst bald von mir, nimm den Schinken ganz, ich habe noch welchen. Leo.« Ich nahm nichts von dem Schinken, schloß den Spind wieder zu; ich hatte keinen Hunger, und auf dem Tisch waren die Rationen für zwei Tage gestapelt: Brote, Leberwurst in Büchsen, Butter, Käse, Marmelade und Zigaretten. Einer von den Lehramtskandidaten, der mir am wenigsten angenehme, verkündete, daß er zum Gefreiten befördert und für die Dauer von Leos Abwesenheit zum Stubenältesten ernannt sei; er fing an, die Rationen zu verteilen; es dauerte sehr lange; mich interessierten nur die Zigaretten, und die verteilte er zuletzt, weil er Nichtraucher war. Als ich die Zigaretten endlich hatte, riß ich die Packung auf, legte mich in den Kleidern aufs Bett und rauchte; ich sah den anderen zu, wie sie aßen. Sie schmierten sich die Leberwurst fingerdick aufs Brot und sprachen über die »vorzügliche Qualität der Butter«, dann zogen sie die Verdunkelungsrollos herunter und legten sich in die Betten; es war sehr heiß, aber ich hatte keine Lust, mich auszukleiden; die Sonne schien durch ein paar Ritzen ins Zimmer, und in einem dieser Lichtstreifen saß der zum Gefreiten Beförderte und nähte sich seinen Gefreitenwinkel an. Es ist gar nicht leicht, einen Gefreitenwinkel anzunähen: der muß in einem bestimmten, vorgeschriebenen Abstand von der Ärmelnaht sitzen, auch darf keine Verzerrung der beiden offenen Schenkel des Winkels entstehen; der Lehramtskandidat mußte den Winkel ein paarmal wieder abtrennen, er saß mindestens zwei Stunden lang da, trennte ab, nähte an, und es sah nicht so aus, als ob er die Geduld verlieren würde; draußen kam in Abständen von je vierzig

Minuten die Musikkapelle vorbeimarschiert, und ich hörte das ›Muß i denn, muß i denn‹ von Block 7, Block 2, von Block 9, dann von den Pferdeställen her, näher kommen, sehr laut, dann wieder leiser werden; es dauerte fast genau drei ›Muß i denns‹ lang, bis der Gefreite seinen Winkel angenäht hatte, und er saß immer noch nicht gerade; dann war ich mit meinen Zigaretten zu Ende und schlief ein.

Am Nachmittag brauchten wir weder Stiefel von Lastwagen auf Eisenbahnwaggons noch Heuballen von Eisenbahnwaggons auf Lastwagen zu laden; wir mußten dem Regimentsbekleidungsfeldwebel helfen; er hielt sich für ein Organisationsgenie; er hatte so viele Hilfskräfte angefordert, wie Bekleidungs- und Ausrüstungsstücke auf der Liste standen; nur für die Zeltbahnen brauchte er zwei und außerdem einen Schreiber. Die beiden mit den Zeltbahnen gingen voran, legten säuberlich geradegezupft und ausgerichtet die Zeltbahnen auf den Betonboden des Pferdestalls; sobald die Zeltbahnen ausgebreitet waren, ging der erste los, legte auf jede Zeltbahn zwei Kragenbinden; der zweite zwei Taschentücher, dann kam ich mit den Kochgeschirren, und während alle Gegenstände, bei denen, wie der Feldwebel sagte, die Maße keine Rolle spielen, verteilt wurden, bereitete er mit dem intelligenteren Teil des Kommandos die Dinge vor, bei denen die Maße eine Rolle spielten: Röcke, Stiefel, Hosen und so weiter; er hatte ganze Stapel von Soldbüchern dort liegen, suchte nach Körpergröße und Gewicht die Röcke, Hosen und Stiefel heraus, und er schwor uns, daß alles passen müsse, »wenn nur die Scheißkerle im Zivilleben nicht zu fett geworden sind«; es mußte alles sehr rasch gehen, Zug um Zug, und es ging auch rasch, Zug um Zug, und wenn alles ausgelegt war, kamen die Reservisten herein, wurden vor ihre Zeltbahn geführt, banden deren Enden zusammen, nahmen ihr Bündel auf den Rücken und gingen auf ihre Zimmer, um sich umzukleiden. Es kam sehr selten vor, daß jemand etwas umtauschen mußte, und immer nur dann, wenn einer im Zivilleben zu fett geworden war. Es kam auch selten vor, daß irgendwo etwas fehlte: eine Schuhbürste oder ein Eßbesteck, und jedesmal stellte sich heraus, daß ein anderer dann zwei Schuhbürsten oder zwei Eßbestecke hatte, eine Tatsache, die dem Feldwebel seine Theorie bestätigte, daß wir nicht mechanisch genug arbeiteten, unser »Gehirn noch zu viel betätigten«. Ich betätigte mein Gehirn gar nicht, und so fehlte niemals jemand ein Kochgeschirr.

Während der erste der jeweils ausgestatteten Kompanie sein Bündel über die Schulter nahm, mußten die ersten von uns schon wieder die nächste Zeltbahn auslegen; es ging alles reibungslos; inzwischen saß der frisch beförderte Gefreite am Tisch und schrieb alles in die Soldbücher ein; er brauchte fast nur Einsen in die Soldbücher reinzuschreiben, nur bei den Kragenbinden, den Socken, den Taschentüchern, den Unterhemden und Unterhosen eine Zwei.

Es entstanden trotz allem tote Minuten, wie der Feldwebel sie nannte, die durften wir dazu benutzen, uns zu stärken; wir hockten in einer Pferdepflegerkoje, aßen Brote mit Leberwurst, manchmal Brote mit Käse oder Brote mit Marmelade, und wenn der Feldwebel selber einmal ein paar tote Minuten hatte, kam er zu uns und klärte uns auf über den Unterschied zwischen Dienstgrad und Dienststellung; er fand es ungeheuer interessant, daß er selbst Bekleidungsunteroffizier war – »das ist meine Dienststellung« – und doch im Rang eines Feldwebels stand, »das ist mein Dienstgrad«, so könnte zum Beispiel, sagte er, ein Gefreiter durchaus Bekleidungsunteroffizier sein, ja sogar ein einfacher Soldat; er konnte von dem Thema gar nicht genug kriegen und konstruierte dauernd neue Fälle, von denen einige eine fast schon hochverräterische Phantasie voraussetzten: »Es kann zum Beispiel durchaus vorkommen«, sagte er, »daß ein Gefreiter Kompaniechef wird, sogar Bataillonskommandeur.«

Zehn Stunden lang legte ich Kochgeschirre auf Zeltbahnen, schlief sechs Stunden und legte noch einmal zehn Stunden lang Kochgeschirre auf Zeltbahnen; dann schlief ich wieder sechs Stunden und hatte immer noch nichts von Leo gehört. Als die dritten zehn Stunden Kochgeschirrauslegen begannen, fing der Gefreite an, überall, wo eine Eins hätte stehen müssen, eine Zwei hinzuschreiben und überall, wo eine Zwei hätte stehen müssen, eine Eins. Er wurde abgelöst, mußte jetzt Kragenbinden auslegen, und der zweite Lehramtskandidat wurde zum Schreiber ernannt. Ich blieb auch während der dritten zehn Stunden bei den Kochgeschirren, der Feldwebel meinte, ich hätte mich überraschend gut bewährt.

Während der toten Minuten, wenn wir in den Kojen hockten und Brot mit Käse, Brot mit Marmelade, Brot mit Leberwurst aßen, wurden jetzt merkwürdige Gerüchte kolportiert. Eine Geschichte wurde von einem ziemlich berühmten, pensionierten General erzählt, der telefonisch Bescheid bekommen hatte, sich auf einer Hallig einzufinden, um dort ein besonders geheimes, besonders wichtiges Kommando zu übernehmen; der General hatte seine Uniform aus dem Schrank geholt, Frau, Kinder, Enkel geküßt, seinem Lieblingspferd einen Abschiedsklaps gegeben, war mit dem Zug zu irgendeiner Nordseestation gefahren, von dort mit einem gemieteten Motorboot zu jener Hallig; törichterweise hatte er das Motorboot zurückgeschickt, bevor er sich seines Kommandos vergewissert hatte; er war von der steigenden Flut abgeschnitten gewesen und hatte – so hieß es – den Halligbauern mit vorgehaltener Pistole gezwungen, ihn unter Lebensgefahr an Land zurückzurudern. Nachmittags hatte die Geschichte schon ihre Variante: Da hatte im Boot zwischen General und Halligbauer eine Art Zweikampf stattgefunden, beide waren über Bord gespült worden und ertrunken. Unheimlich war mir, daß diese Geschichte – und einige andere – zwar als verbrecherisch, aber auch als komisch empfunden wurde, während ich sie weder als das eine noch als das andere empfand; ich konnte weder die düstere, anklägerische Vokabel Sabotage annehmen, die als eine Art moralischer Stimmgabel fungierte, noch konnte ich in das Lachen einstimmen oder mit ihnen grinsen. Der Krieg schien dem Komischen seine Komik zu nehmen.

Zu jeder anderen Zeit hätte ich die ›Muß i denns‹, die meine Träume, meinen Schlaf und die wenigen wachen Minuten erfüllten, hätte auch die Unzähligen, die mit ihren Pappkartons von der Straßenbahn her in die Kaserne gerannt kamen und sie eine Stunde später mit ›Muß i denn‹ wieder verließen, sogar die Reden, die wir manchmal mit halbem Ohr hörten, Reden, in denen immer das Wort Zusammenschweißen vorkam – alles hätte ich als komisch empfunden, aber alles, was vorher komisch gewesen wäre, war nicht mehr komisch, und über das, was lächerlich gewesen wäre, konnte ich nicht mehr lachen oder lächeln; nicht einmal über den Feldwebel und nicht über den Gefreiten, dessen Winkel immer noch schief saß und der manchmal drei statt zwei Kragenbinden auf die Zeltbahnen legte.

Es war immer noch heiß, immer noch August, und daß dreimal sechzehn Stunden nur achtundvierzig sind, zwei Tage, zwei Nächte, wurde mir erst klar, als ich sonntags gegen elf wach wurde und zum ersten Mal, seitdem Leo versetzt war, wieder im Fenster liegen konnte; die Lehramtskandidaten waren schon in Ausgehuniform zum Kirchgang bereit und blickten mich halbwegs auffordernd an, aber ich sagte nur: »Geht schon, ich komme nach«, und es war deutlich zu merken, daß sie froh waren, endlich einmal ohne mich gehen zu können. Immer, wenn wir zur Kirche gegangen waren, hatten sie mich angeblickt, als hätten sie mich am liebsten exkommuniziert, weil irgend etwas an mir oder meiner Uniform ihnen nicht korrekt genug war: Schuhputz, Sitz der Kragenbinde, Koppel oder Haarschnitt; sie waren nicht als Mitsoldaten über mich empört (wozu sie objektiv meinetwegen ein Recht gehabt hätten), sondern als Katholiken; es wäre ihnen lieber gewesen, wenn ich gar nicht auf so eindeutige Weise bekundet hätte, daß wir tatsächlich in ein und dieselbe Kirche gingen; es war ihnen peinlich, aber sie konnten einfach nichts machen, weil ich im Soldbuch stehen hatte: r. k.

An diesem Sonntag waren sie so froh, daß sie ohne mich gehen konnten, daß ich's ihnen direkt ansah, wie sie da sauber, aufrecht und flink an der Kaserne vorbei in die Stadt marschierten. Manchmal, wenn ich Anfälle von Mitgefühl für sie hatte, pries ich sie glücklich darum, daß Leo Protestant war; ich glaube, sie hätten's einfach nicht ertragen, wenn Leo auch noch katholisch gewesen wäre.

Der Kaufmannsgehilfe und der Krankenpfleger schliefen noch; wir brauchten erst nachmittags um drei wieder im Pferdestall zu sein. Ich blieb noch eine Weile im Fenster liegen, bis es Zeit war, zu gehen, um rechtzeitig nach der Predigt in die Kirche zu kommen. Dann, während ich mich anzog, öffnete ich noch einmal Leos Spind und erschrak: Er war leer, bis auf einen Zettel und ein großes Stück Schinken; Leo hatte den Spind nur wieder abgeschlossen, damit ich den Zettel und den Schinken finden sollte. Auf dem Zettel stand: »Sie haben mich geschnappt und nach Polen geschickt – du hast doch von mir gehört?« Ich steckte den Zettel ein, schloß den Spind wieder ab und zog mich fertig an; ich war ganz benommen, als ich in die Stadt ging, in die Kirche trat, und nicht einmal die Blicke der drei Lehramtskandidaten, die sich nach mir umsahen, sich dann kopfschüttelnd wieder dem Altar zuwandten, weckten mich richtig auf. Wahrscheinlich hatten sie rasch feststellen wollen, ob ich nicht doch *nach* Beginn der Opferung gekommen war, und wollten meine Exkommunikation beantragen; aber ich war wirklich *vor* der Opferung gekommen, sie konnten nichts machen, ich wollte auch gern katholisch bleiben. Ich dachte an Leo und hatte Angst, ich dachte auch an das Mädchen in Köln und kam mir ein bißchen gemein vor, aber ich war ganz sicher, daß ihre Stimme nach Ehe geklungen hatte. Um meine Zimmergenossen zu ärgern, öffnete ich noch in der Kirche meinen Kragen.

Nach der Messe lehnte ich mich draußen an die Kirchenmauer in einer schattigen Ecke zwischen Sakristei und Ausgang, nahm meine Mütze ab, steckte mir eine Zigarette an und ließ die Gläubigen an mir vorüberziehen; ich dachte darüber nach, wie ich wohl an ein Mädchen käme, mit dem ich spazierengehen, Kaffee trinken und vielleicht ins Kino gehen könnte; ich hatte noch drei Stunden Zeit, bis ich wieder Kochgeschirre auf Zeltbahnen legen mußte. Ich wünschte, das Mädchen sollte nicht allzu albern und ein bißchen hübsch sein. Ich dachte auch an mein Mittagessen in der Kaserne, das jetzt verfiel, und daß ich vielleicht doch dem Kaufmannsgehilfen hätte sagen sollen, er könne sich mein Kotelett und den Nachtisch holen.

Ich stand zwei Zigaretten lang da, sah, wie die Gläubigen in Gruppen stehenblieben, sich wieder trennten, und als ich eben die dritte Zigarette an der zweiten anzündete, fiel ein Schatten von der Seite über mich, und als ich nach rechts blickte, sah ich, daß die Person, die den Schatten warf, noch schwärzer war als der Schatten selbst: Es war der Kaplan, der die Messe gelesen hatte. Er sah sehr freundlich aus, noch nicht alt, vielleicht gerade dreißig, blond und ein kleines bißchen zu gut ernährt. Er blickte zuerst auf meinen offenen Kragen, dann auf meine Stiefel, dann auf meinen unbedeckten Kopf und schließlich auf meine Mütze, die ich neben mir auf einen Sockel gelegt hatte, von dem herunter sie auf das Pflaster gerutscht war; zuletzt blickte er auf meine Zigarette, dann in mein Gesicht, und ich hatte den Eindruck, daß alles, was er sah, ihm sehr mißfiel. »Was ist denn los?« sagte er schließlich, »haben Sie Sorgen?« Und als ich noch kaum als Antwort auf diese Frage genickt hatte, sagte er: »Beichten?« Verdammt, dachte ich, die haben nichts als Beichten im Kopf und auch davon nur einen bestimmten Teil. »Nein«, sagte ich, »beichten will ich nicht.« – »Also?« sagte er, »was haben Sie denn auf dem Herzen?« Es klang so, daß er statt Herz genausogut hätte Darm sagen können. Er war offenbar sehr ungeduldig, blickte auf meine Mütze, und ich spürte, daß es ihn ärgerte, daß ich die Mütze noch nicht aufgehoben hatte. Ich hätte seine Ungeduld gerne in Geduld verwandelt, aber schließlich hatte ja nicht ich ihn, sondern er mich angesprochen, und so fragte ich – dummerweise stockend –, ob er nicht ein nettes Mädchen wüßte, das mit mir spazierengehen, Kaffee trinken und vielleicht am Abend ins Kino gehen würde; sie brauche nicht gerade eine Schönheitskönigin zu sein, aber doch ein bißchen hübsch und möglichst nicht aus gutem Hause, denn diese Mädchen seien meistens so albern. Ich könnte ihm die Adresse eines Kaplans in Köln geben, wo er sich erkundigen, den er notfalls anrufen könne, um sich zu vergewissern, daß ich aus gutkatholischem Hause sei. Ich sprach viel, zuletzt etwas flüssiger, und beobachtete, wie sein Gesicht sich veränderte: Zuerst war es fast milde, es war nahe daran, fast lieb auszusehen, das war im Anfangsstadium, wo er mich noch für einen besonders interessanten, vielleicht sogar liebenswürdigen Fall von Schwachsinn hielt und mich psychologisch ganz belustigend fand. Die Übergänge von milde zu fast lieb, von fast lieb zu belustigt waren nur sehr schwer festzustellen, aber dann wurde er ganz plötzlich – und zwar in dem Augenblick, als ich von den körperlichen Vorzügen, die das Mädchen haben sollte, sprach – knallrot vor Wut. Ich erschrak, denn meine Mutter hatte mir einmal gesagt, daß es schlimm ist, wenn überernährte Leute plötzlich knallrot im Gesicht werden. Dann fing er an, mich anzubrüllen, und Brüllen hat mich immer schon in gereizte Stimmung versetzt. Er brüllte, wie schlampig ich aussähe, mit offener »Feldbluse«, ungeputzten Stiefeln, die Mütze neben mir »im Dreck, ja im Dreck«, und wie haltlos ich sei, eine Zigarette nach der anderen zu rauchen, und ob ich vielleicht einen katholischen Priester mit einem Kuppler verwechsle. In meiner Gereiztheit hatte ich schon längst keine Angst mehr um ihn, ich war nur noch wütend. Ich fragte ihn, was ihn denn meine Kragenbinde, meine Stiefel, meine Mütze angingen, ob er wohl glaube, er müsse meinen Unteroffizier vertreten, und: »Überhaupt«, sagte ich, »da sagt ihr dauernd, man soll mit seinen Sorgen zu euch kommen, und wenn man euch seine Sorgen erzählt, werdet ihr wütend.« – »Euch, ihr?« sagte er keuchend vor Wut, »haben wir vielleicht Brüderschaft getrunken?« – »Nein«, sagte ich, »getrunken haben wir sie nicht«, aber er hatte natürlich von Theologie keine Ahnung. Ich hob meine Mütze auf, setzte sie, ohne sie anzusehen, auf den Kopf und ging quer über den Kirchplatz weg. Er rief mir nach, ich solle doch wenigstens die Kragenbinde zumachen, und ich solle doch nicht so verstockt sein; ich war nahe daran, mich umzudrehen und ihm zuzubrüllen, *er* sei verstockt, aber dann erinnerte ich mich daran, daß meine Mutter mir gesagt hatte, man könne einem Priester schon die Wahrheit sagen, müsse aber möglichst Frechheiten vermeiden – und so ging ich, ohne mich noch einmal umzudrehen, in die Stadt. Ich ließ die Kragenbinde einfach weiter baumeln und dachte über die Katholiken nach; es war Krieg, aber sie blickten einem zuerst auf die Kragenbinde, dann auf die Stiefel. Sie sagten, man solle ihnen seine Sorgen erzählen, und wenn man sie ihnen erzählte, wurden sie wütend.

Ich ging langsam durch die Stadt, auf der Suche nach einem Café, in dem ich niemand hätte grüßen müssen; die blöde Grüßerei verdarb mir die ganze Lust am Café; ich blickte alle Mädchen an, die mir begegneten, ich blickte ihnen auch nach, sogar auf die Beine, aber es war keine darunter, deren Stimme nicht nach Ehe geklungen hätte. Ich war verzweifelt, ich dachte an Leo, an das Mädchen in Köln, ich war drauf und dran, ihr ein Telegramm zu schicken; ich war fast bereit, eine Ehe zu riskieren, nur, um mit einem Mädchen mal allein zu sein. Ich blieb vor dem Schaufenster eines Fotoateliers stehen, um in Ruhe über Leo nachzudenken. Ich hatte Angst um ihn. Im Schaufenster sah ich mich da stehen – mit der offenen Kragenbinde und den stumpfschwarzen Stiefeln, hob schon die Hände, um den Kragen zuzuknöpfen, aber dann fand ich es doch zu lästig und ließ die Hände wieder sinken. Die Fotos im Schaufenster des Ateliers waren sehr deprimierend. Es hingen fast nur Soldaten in Ausgehuniform da; manche hatten sich sogar im Stahlhelm fotografieren lassen, und ich überlegte gerade, ob ich die mit Stahlhelm deprimierender fand als die mit Schirmmütze, da trat ein Feldwebel mit einem gerahmten Foto aus dem Laden; das Foto war ziemlich groß, mindestens sechzig mal achtzig Zentimeter, der Rahmen war silbrig lackiert, und das Foto zeigte den Feldwebel in Ausgehuniform und Stahlhelm; er war noch jung, nicht viel älter als ich, höchstens einundzwanzig; er wollte erst an mir vorbeigehen, stutzte dann, blieb stehen, und ich zögerte noch, ob ich die Hand hochheben und ihn grüßen sollte, da sagte er: »Laß nur – aber die Kragenbinde würde ich doch zuknöpfen, auch die Feldbluse, es könnte einer kommen, der es genauer nimmt als ich.« Dann lachte er und ging weg, und seit diesem Vorfall ziehe ich die, die sich im Stahlhelm fotografieren lassen (relativ natürlich), denen vor, die sich in Schirmmützen fotografieren lassen.

Leo wäre der richtige gewesen, mit mir vor dem Fotoladen zu stehen und die Bilder anzusehen; es waren auch Brautpaare zu sehen, Erstkommunikanten und farbentragende Studenten mit Schleifen um den Bauch und Bierzipfeln, und ich überlegte lange, warum sie wohl keine Schleife im Haar trugen; das hätte manchen von ihnen gar nicht übel gestanden. Ich brauchte Gesellschaft und hatte keine.

Wahrscheinlich hatte der Kaplan geglaubt, ich litte an sexueller Not oder ich sei ein antiklerikaler Nazi; aber ich litt weder an sexueller Not, noch war ich antiklerikal oder ein Nazi. Ich brauchte einfach Gesellschaft und keine männliche, und das war so einfach, daß es wahnsinnig kompliziert war; es gab ja auch leichte Mädchen in der Stadt, sogar käufliche (es war eine katholische Stadt), aber die leichten und die käuflichen Mädchen waren auch immer gleich beleidigt, wenn man nicht an sexueller Not litt.

Ich blieb lange vor dem Fotoladen stehen; bis auf den heutigen Tag sehe ich mir in fremden Städten immer die Fotoläden an; es ist so ziemlich überall gleich und überall gleich deprimierend, obwohl es nicht überall farbentragende Studenten gibt. Es war schon fast eins, als ich endlich weiterging, auf der Suche nach einem Café, wo ich niemand hätte zu grüßen brauchen, aber in allen Cafés saßen sie mit ihren Uniformen herum, und es endete damit, daß ich doch ins Kino ging, in die erste Vorstellung um Viertel nach eins. Ich erinnere mich nur der Wochenschau: Sehr unedel aussehende Polen malträtierten sehr edel aussehende Deutsche; es war so leer im Kino, daß ich ungefährdet während der Vorstellung rauchen konnte; es war heiß am letzten Sonntag im August 1939.

Als ich in die Kaserne zurückkam, war es längst drei vorüber; aus irgendeinem Grund war der Befehl, um drei wieder Zeltbahnen auszulegen, Kochgeschirre und Kragenbinden draufzulegen, widerrufen worden; ich kam noch rechtzeitig, um mich umzuziehen, Brot mit Leberwurst zu essen, ein paar Minuten im Fenster zu liegen, Bruchstücke des Gesprächs über Ernst Jünger, des anderen über den weiblichen Körper zu hören; beide Gespräche waren noch ernster, noch langweiliger geworden; der Krankenpfleger und der Kaufmannsgehilfe flochten jetzt sogar lateinische Ausdrücke in ihre Betrachtungen ein, und das machte die Sache noch widerwärtiger, als sie ohnehin schon war.

Um vier wurden wir rausgerufen, und ich hatte schon geglaubt, wir würden wieder Stiefel von Lastwagen auf Waggons oder von Waggons auf Lastwagen laden, aber diesmal luden wir Persilkartons, die in der Turnhalle gestapelt waren, auf Lastwagen, und von den Lastwagen luden wir sie in die Halle des Paketpostamts, wo sie wieder gestapelt wurden. Die Persilkartons waren nicht schwer, die Adressen drauf waren maschinegeschrieben; wir bildeten eine Kette, und so wanderte Karton um Karton durch meine Hände; wir machten das den ganzen Sonntagnachmittag bis spät in die Nacht hinein, und es gab kaum tote Minuten, in denen wir etwas hätten essen können; wenn ein Lastwagen vollgeladen war, fuhren wir zur Hauptpost, bildeten wieder eine Kette und luden die Kartons ab. Manchmal überholten wir eine Muß-i-denn-Kolonne oder begegneten einer; sie hatten inzwischen drei Musikkapellen, und es ging alles rascher. Es war schon spät, nach Mitternacht, als wir die letzten Kartons weggebracht hatten – und meine Hände erinnerten sich der Anzahl der Kochgeschirre und stellten nur eine geringe Differenz zwischen Persilkartons und Kochgeschirren fest.

Ich war sehr müde und wollte mich in den Kleidern aufs Bett werfen, aber es lag wieder ein großer Haufen Brot und Leberwurstbüchsen, Marmelade und Butter auf dem Tisch, und die anderen bestanden darauf, daß er verteilt werde; ich wollte nur die Zigaretten, und ich mußte warten, bis alles genau verteilt war, denn der Gefreite verteilte natürlich die Zigaretten wieder zuletzt; er machte besonders langsam, vielleicht, um mich zu Maß und Zucht zu erziehen und um mir seine Verachtung über meine Gier zu bekunden; als ich endlich die Zigaretten hatte, legte ich mich in den Kleidern aufs Bett und rauchte und sah ihnen zu, wie sie sich ihre Leberwurstbrote schmierten, hörte, wie sie die vorzügliche Qualität der Butter lobten und sich auf eine sehr gemäßigte Weise darüber stritten, ob die Marmelade aus Erdbeeren, Äpfeln und Aprikosen oder ob sie nur aus Erdbeeren und Äpfeln sei. Sie aßen sehr lange, und ich konnte nicht einschlafen; dann hörte ich Schritte über den Flur kommen und wußte, daß sie mir galten: Ich hatte Angst und war doch erleichtert, und es war merkwürdig, daß sie alle, die am Tisch saßen, der Kaufmannsgehilfe, der Krankenpfleger und die drei Lehramtskandidaten, im Kauen innehielten und auf mich blickten, während die Schritte näher kamen; jetzt hielt es der Gefreite für angebracht, mich anzubrüllen; er stand auf und schrie: »Verflucht, ziehen Sie doch die Stiefel aus, wenn Sie sich aufs Bett legen.«

Es gibt Dinge, die man nicht glauben will, und ich glaube es bis heute nicht, obwohl meine Ohren sich gut erinnern, daß er mit einemmal Sie zu mir sagte; mir wär's überhaupt lieber gewesen, wenn wir von vornherein Sie zueinander gesagt hätten, aber dieses plötzliche Sie klang so komisch, daß ich zum ersten Mal, seitdem Krieg war, wieder lachen mußte. Inzwischen war die Zimmertür aufgerissen worden, und der Kompanieschreiber stand schon vor meinem Bett; er war ganz aufgeregt, und vor lauter Aufregung brüllte er mich, obwohl er Unteroffizier war, nicht an, weil ich in Stiefeln und Kleidern rauchend auf dem Bett lag. Er sagte: »Sie, in zwanzig Minuten feldmarschmäßig in Block vier, verstanden?« Ich sagte: »Ja« und stand auf. Er sagte noch: »Melden Sie sich dort beim Hauptfeldwebel«, und ich sagte wieder ja und fing an, meinen Schrank auszuräumen. Ich hatte gar nicht gemerkt, daß der Kompanieschreiber noch im Zimmer war; ich steckte gerade das Foto des Mädchens in meine Hosentasche, da hörte ich ihn sagen: »Es ist eine traurige Mitteilung, die ich Ihnen machen muß, traurig, und doch ein Grund, stolz zu sein; der erste Gefallene des Regiments war Ihr Stubenkamerad Unteroffizier Leo Siemers.« Ich hatte mich während der letzten Hälfte des Satzes umgedreht, und sie alle, auch der Unteroffizier, blickten mich jetzt an; ich war ganz blaß geworden, und ich wußte nicht, ob ich wütend oder still sein sollte; dann sagte ich leise: »Es ist ja noch gar kein Krieg erklärt, er kann ja gar nicht gefallen sein – und er wäre auch nicht gefallen«, und ich brüllte plötzlich: »Leo fällt nicht, er nicht... ihr wißt es genau.« Keiner sagte etwas, auch der Unteroffizier nicht, und während ich meinen Schrank ausräumte und den vorgeschriebenen Krempel in meinen Tornister packte, hörte ich, daß er das Zimmer verließ. Ich packte das ganze Zeug auf dem Schemel zusammen, damit ich mich nicht umzudrehen brauchte; von den anderen hörte ich nichts, ich hörte sie nicht einmal kauen. Ich hatte das Zeug sehr schnell gepackt; das Brot, die Leberwurst, den Käse und die Butter ließ ich im Schrank und schloß ihn ab. Als ich mich umdrehen mußte, sah ich, daß es ihnen gelungen war, lautlos in die Betten zu kommen; ich warf dem Kaufmannsgehilfen meinen Schrankschlüssel aufs Bett und sagte: »Räum alles raus, was noch drin ist, es gehört dir.« Er war mir zwar unsympathisch, aber von den fünfen doch der Sympathischste; später tat es mir leid, daß ich doch nicht ganz wortlos gegangen war, aber ich war noch nicht zwanzig Jahre alt. Ich knallte die Tür zu, nahm draußen mein Gewehr vom Ständer, ging die Treppe hinunter und sah unten auf der Uhr an der Schreibstube, daß es schon fast drei war. Es war still und immer noch warm an diesem letzten Montag des Augusts 1939. Ich warf den Schlüssel von Leos Spind irgendwo auf den Kasernenhof, als ich zu Block vier hinüberging. Sie standen schon alle da, die Musikkapelle schwenkte schon vor die Kompanie, und irgendein Offizier, der die Zusammenschweißrede gehalten hatte, ging gerade quer über den Hof, er nahm seine Mütze ab, wischte sich den Schweiß von der Stirn und setzte die Mütze wieder auf. Er erinnerte mich an einen Straßenbahner, der an der Endstation seine Pause macht.

Der Hauptfeldwebel kam auf mich zu und sagte: »Sind Sie der Mann vom Stab?«, und ich sagte: »Ja.« Er nickte; er sah bleich aus und sehr jung, ein bißchen ratlos; ich blickte an ihm vorbei auf die dunkle, kaum erkennbare Masse; ich konnte nur die blinkenden Trompeten der Musikkapelle erkennen. »Sie sind nicht zufällig Telefonist?« fragte der Hauptfeldwebel, »es ist nämlich einer ausgefallen.« – »Doch«, sagte ich rasch und mit einer Begeisterung, die ihm überraschend vorzukommen schien, denn er blickte mich fragend an. »Doch«, sagte ich, »ich bin praktisch zum Telefonisten ausgebildet.« – »Gut«, sagte er, »Sie kommen mir wie gerufen, reihen Sie sich irgendwo am

Ende ein, unterwegs wird sich alles klären.« Ich ging nach rechts hinüber, wo das dunkle Grau ein wenig heller wurde; beim Näherkommen erkannte ich sogar Gesichter. Ich stellte mich ans Ende der Kompanie. Irgend jemand schrie: »Rechtsum – im Gleichschritt marsch!«, und ich hatte kaum meinen Fuß hochgehoben, da stimmten sie ihr ›Muß i denn‹ schon an.

Als der Krieg zu Ende war

Es wurde gerade hell, als wir an die deutsche Grenze kamen: links ein breiter Fluß, rechts ein Wald, an dessen Rändern man sogar erkannte, wie tief er war; es wurde still im Waggon; langsam fuhr der Zug über zurechtgeflickte Gleise, an zerschossenen Häusern vorbei, zersplitterten Telegrafenmasten. Der Kleine, der neben mir hockte, nahm seine Brille ab und putzte sie sorgfältig.

»Mein Gott«, flüsterte er mir zu, »hast du die geringste Ahnung, wo wir sind?«

»Ja«, sagte ich, »der Fluß, den du eben gesehen hast, heißt bei uns Rhein, der Wald, den du da rechts siehst, heißt Reichswald – und jetzt kommt Kleve.«

»Bist du von hier?«

»Nein.« Er war mir lästig; die ganze Nacht hindurch hatte er mich mit seiner dünnen Primanerstimme verrückt gemacht, mir erzählt, wie er heimlich Brecht gelesen habe, Tucholsky, Walter Benjamin, auch Proust und Karl Kraus; daß er Soziologie studieren wolle, auch Theologie, und mithelfen würde, Deutschland eine neue Ordnung zu geben, und als wir dann im Morgendämmer in Nijmwegen hielten und irgend jemand sagte, jetzt komme die deutsche Grenze, hatte er ängstlich rundgefragt, ob jemand Garn gegen zwei Zigarettenstummel tausche, und als niemand sich meldete, hatte ich mich erboten, meine Kragenembleme, die – glaube ich – Spiegel genannt wurden, abzureißen und in dunkelgrünes Garn zu verwandeln; ich zog den Rock aus und sah ihm zu, wie er sorgfältig mit einem Stück Blech die Dinger abtrennte, sie dann auseinanderzupfte und dann tatsächlich anfing, sich damit seine Fahnenjunkerlitzen um die Schulterklappen herum anzunähen. Ich fragte ihn, ob ich diese Näharbeit auf den Einfluß von Brecht, Tucholsky, Benjamin oder Karl Kraus zurückführen dürfe oder ob es vielleicht ein uneingestandener Einfluß von Jünger sei, der ihn veranlasse, mit des Däumerlings Waffe seinen Rang wiederherzustellen; er war rot geworden und hatte gesagt, mit Jünger wäre er fertig, habe er abgerechnet; nun, als wir in Kleve einfuhren, unterbrach er seine Näharbeit, hockte neben mir, mit des Däumerlings Waffe in der Hand.

»Zu Kleve fällt mir nichts ein«, sagte er, »gar nichts. Dir?«

»Ja«, sagte ich, »Lohengrin, die Margarinemarke ›Schwan im Blauband‹ und Anna von Cleve, eine der Frauen Heinrichs des Achten –«

»Tatsächlich«, sagte er, »Lohengrin – aber wir aßen zu Hause Sanella. Willst du die Stummel nicht haben?«

»Nein«, sagte ich, »nimm sie deinem Vater mit. Ich hoffe, er wird dich ohrfeigen, wenn du mit den Litzen auf der Schulter nach Hause kommst.«

»Das verstehst du nicht«, sagte er, »Preußen, Kleist, Frankfurt/Oder, Potsdam, Prinz von Homburg, Berlin.«

»Nun«, sagte ich, »Kleve war, glaube ich, ziemlich früh schon preußisch – und irgendwo drüben auf der anderen Rheinseite liegt eine kleine Stadt, die Wesel heißt.«

»Gott ja«, sagte er, »natürlich, Schill.«

»Über den Rhein sind die Preußen nie so recht rübergekommen«, sagte ich, »sie hatten nur zwei Brückenköpfe: Bonn und Koblenz.«

»Preußen«, sagte er.

»Blomberg«, sagte ich. »Brauchst du noch Garn?« Er wurde rot und schwieg.

Der Zug fuhr langsam, alle drängten sich an die offene Waggontür und blickten auf Kleve; englische Posten auf dem Bahnhof: lässig und zäh, gleichgültig und doch wachsam: Noch waren wir Gefangene; an der Straße ein Schild: nach Köln. Lohengrins Burg oben zwischen herbstlichen Bäumen. Oktober am Niederrhein, holländischer Himmel; die Kusinen in Xanten, die Tanten in Kevelaer; der breite Dialekt und das Schmugglergeflüster in den Kneipen; Martinszüge, Weckmänner, Breughelscher Karneval, und überall roch es, auch wenn es nicht danach roch, nach Printen.

»Versteh mich doch«, sagte der Kleine neben mir.

»Laß mich in Ruhe«, sagte ich; obwohl er noch gar kein Mann war, er würde wohl bald einer sein, und deshalb haßte ich ihn; er war beleidigt und hockte sich hin, um die letzten Stiche an seinen Litzen zu tun; ich hatte nicht einmal Mitleid mit ihm: Ungeschickt, mit blutverschmiertem Daumen, bohrte er die Nadel in das blaue Tuch seiner Fliegerjacke; seine Brillengläser waren so beschlagen, daß ich nicht feststellen konnte, ob er weinte oder ob es nur so schien; auch ich war nahe am Weinen: In zwei Stunden, höchstens drei, mußten wir in Köln sein, und von dort aus war es nicht weit bis zu der, die ich geheiratet, deren Stimme nie nach Ehe geklungen hatte.

Die Frau kam plötzlich hinter dem Güterschuppen heraus, und bevor die Posten zur Besinnung gekommen waren, stand sie schon vor unserem Waggon und wickelte aus dem blauen Tuch aus, was ich zunächst für ein Kind gehalten hatte: ein Brot; sie reichte es mir, und ich nahm es; es war schwer, ich wankte einen Augenblick lang und fiel fast vornüber aus dem anfahrenden Zug; das Brot war dunkel, noch warm, und ich wollte »danke, danke« rufen, aber das Wort kam mir zu dumm vor, und der Zug fuhr jetzt schneller, und so blieb ich knien mit dem schweren Brot im Arm; bis heute weiß ich nicht mehr von der Frau, als daß sie ein dunkles Kopftuch trug und nicht mehr jung war.

Als ich mit dem Brot im Arm aufstand, war es noch stiller im Waggon als vorher; sie blickten alle auf das Brot, das unter ihren Blicken immer schwerer wurde; ich kannte diese Augen, kannte die Münder, die zu diesen Augen gehörten, und ich hatte monatelang darüber nachgedacht, wo die Grenze zwischen Haß und Verachtung verläuft, und hatte die Grenze nicht gefunden; eine Zeitlang hatte ich sie in Annäher und Nichtannäher eingeteilt, als wir von einem amerikanischen Lager (wo das Tragen von Rangabzeichen verboten war) in ein englisches (wo das Tragen von Rangabzeichen erlaubt war) überstellt worden waren, und mit den Nichtannähern hatte mich eine gewisse Sympathie verbunden, bis ich feststellte, daß sie gar keine Ränge gehabt hatten, deren Zeichen sie hätten annähen können; einer von ihnen, Egelhecht, hatte sogar versucht, eine Art Ehrengericht zusammenzutrommeln, das mir die Eigenschaft, ein Deutscher zu sein, hätte absprechen sollen (und ich hatte mir gewünscht, dieses Gericht, das nie zusammentrat, hätte die Macht gehabt, mir diese Eigenschaft tatsächlich abzusprechen). Was sie nicht wußten, war, daß ich sie, die Nazis und Nichtnazis, nicht wegen ihrer Näherei und ihrer politischen Ansichten haßte, sondern weil sie Männer waren, Männer, vom gleichen Geschlecht wie die, mit denen ich sechs Jahre lang zusammen hatte sein müssen; die Begriffe Mann und dumm waren für mich fast identisch geworden.

Im Hintergrund sagte Egelhechts Stimme: »Das erste deutsche Brot – und ausgerechnet er bekommt es.«

Seine Stimme war nahe am Schluchzen, auch ich war nahe dran, aber die würden nie verstehen, daß es nicht nur wegen des Brotes war, nicht nur, weil wir die deutsche Grenze nun überschritten hatten, hauptsächlich deshalb, weil ich zum ersten Mal seit acht Monaten für einen Augenblick die Hand einer Frau auf meinem Arm gespürt hatte.

»Du«, sagte Egelhecht leise, »wirst wahrscheinlich sogar dem Brot noch die Eigenschaft absprechen, deutsch zu sein.«

»Ja«, sagte ich, »ich werde einen typischen Intellektuellentrick anwenden und mich fragen, ob das Mehl, aus dem dieses Brot gebacken worden ist, nicht vielleicht holländischer, englischer oder amerikanischer Herkunft ist. Komm her«, sagte ich, »teil es, wenn du Lust hast.«

Die meisten von ihnen haßte ich, viele waren mir gleichgültig, und der Däumerling, der sich nun als letzter an die Annäherfront begeben hatte, fing an, mir lästig zu werden, und doch schien es mir angebracht, dieses Brot mit ihnen zu teilen, ich war sicher, daß es nicht für mich allein bestimmt gewesen war.

Egelhecht kam langsam nach vorn: Er war groß und mager, so groß und so mager wie ich, und er war sechsundzwanzig Jahre alt, so alt wie ich; er hatte mir drei Monate lang klarzumachen versucht, daß ein Nationalist kein Nazi sei, daß die Worte Ehre, Treue, Vaterland, Anstand nie ihren Wert verlieren könnten – und ich hatte seinem gewaltigen Wortaufwand immer nur fünf Worte entgegengesetzt: Wilhelm II., Papen, Hindenburg, Blomberg, Keitel, und es hatte ihn rasend gemacht, daß ich nie von Hitler sprach, auch nicht, als am 1. Mai der Posten durchs Lager lief und durch einen Schalltrichter ausposaunte: »Hitler is dead, dead is he.«

»Los«, sagte ich, »teil das Brot.«

»Abzählen«, sagte Egelhecht. Ich gab ihm das Brot, er zog seinen Mantel aus, legte ihn mit dem Futter nach oben auf den Boden des Waggons, zog das Futter glatt, legte das Brot drauf, während rings um uns abgezählt wurde. »Zweiunddreißig«, sagte der Däumerling, dann blieb es still. »Zweiunddreißig«, sagte Egelhecht und blickte mich an, der ich hätte dreiunddreißig sagen müssen; aber ich sagte die Zahl nicht, wandte mich ab und blickte nach draußen; die Landstraße mit den alten Bäumen: Napoleons Pappeln, Napoleons Ulmen, unter denen ich mit meinem Bruder gerastet hatte, wenn wir von Weeze mit den Rädern an die holländische Grenze fuhren, um billig Schokolade und Zigaretten zu kaufen.

Ich spürte, daß die hinter mir furchtbar beleidigt waren; ich sah die gelben Schilder an der Straße: nach Kalkar, nach Xanten, nach Geldern, hörte hinter mir die Geräusche von Egelhechts Blechmesser, spürte, wie das Beleidigtsein wie eine dicke Wolke anwuchs; sie waren immer aus irgendeinem Grund beleidigt, sie waren es, wenn ihnen ein englischer Posten eine Zigarette schenken wollte, und sie waren beleidigt, wenn er ihnen keine schenken wollte; sie waren beleidigt, wenn ich auf Hitler schimpfte, und Egelhecht war tödlich beleidigt, wenn ich nicht auf Hitler schimpfte, der Däumerling hatte heimlich Benjamin und Brecht, Proust, Tucholsky und Karl Kraus gelesen, und als wir über die deutsche Grenze fuhren, nähte er sich seine Fahnenjunkerlitzen an. Ich zog die Zigarette aus der Tasche, die ich für meinen Stabsgefreitenwinkel bekommen hatte, drehte mich um und setzte mich neben den Däumerling. Ich sah zu, wie Egelhecht das Brot teilte: halbiert, dann die Hälften geviertelt, jedes Viertel wieder in acht Teile. So würde für jeden ein schöner dicker Brocken herausspringen, ein dunkler Brotwürfel, den ich auf sechzig Gramm schätzte.

Egelhecht war jetzt dabei, das letzte Achtel zu vierteln, und jeder, jeder wußte, daß die, die Mittelscheiben bekamen, mindestens zehn bis fünf Gramm mehr bekommen würden, weil das Brot in der Mitte gewölbt gewesen war und Egelhecht die Scheiben gleich dick geschnitten hatte. Dann aber schnitt er die Wölbung der beiden Mittelscheiben ab und sagte: »Dreiunddreißig – der Jüngste fängt an.« Der Däumerling blickte mich an, wurde rot, beugte sich rüber, nahm ein Stück Brot und steckte es sofort in den Mund; es ging alles reibungslos, bis Bouvier, der immer von seinen Flugzeugen gesprochen und mich halb verrückt damit gemacht hatte, sein Stück Brot genommen hatte; jetzt wäre ich an der Reihe gewesen, nach mir Egelhecht, aber ich rührte mich nicht. Ich hätte die Zigarette gern angezündet, aber ich hatte keine Hölzer, und niemand bot mir eins an. Die ihr Brot schon hatten, hielten erschrocken im Kauen inne; die ihr Brot noch nicht hatten, wußten gar nicht, was vor sich ging, und begriffen doch: Ich wollte das Brot nicht mit ihnen teilen; sie waren beleidigt, während die anderen (die ihr Brot schon hatten) nur verlegen waren; ich versuchte nach draußen zu sehen: auf Napoleons Pappeln, Napoleons Ulmen, auf diese lükkenhafte Allee, in deren Lücken holländischer Himmel hing, aber dieser Versuch, mich unbeteiligt zu geben, mißlang; ich hatte Angst vor der Schlägerei, die jetzt kommen mußte; ich war kein guter Raufer, und selbst wenn ich's gewesen wäre, es hätte nicht viel geholfen, sie hätten mich zusammengeschlagen wie damals in dem Lager bei Brüssel, als ich gesagt hatte, ich wäre lieber ein toter Jude als ein lebender Deutscher. Ich nahm die Zigarette aus dem Mund, teils, weil sie mir lächerlich vorkam, teils, weil ich sie heil durch die Schlägerei bringen wollte, und ich blickte auf den Däumerling, der mit knallrotem Kopf neben mir hockte. Dann nahm Gugeler, der nach Egelhecht an der Reihe gewesen wäre, sein Stück Brot, steckte es sofort in den Mund, und die anderen nahmen ihres; es waren noch drei Stücke Brot da, als der nach vorne kam, den ich noch gar nicht richtig kannte; er war erst in dem Lager bei Brüssel in unser Zelt gekommen; er war schon alt, fast fünfzig, klein, mit einem dunklen, narbigen Gesicht, und er hatte, wenn wir anfingen, uns zu streiten, nie etwas gesagt, er war aus dem Zelt hinausgegangen und am Stacheldrahtzaun entlanggelaufen wie einer, der diese Art von Herumlaufen kennt. Ich kannte nicht einmal seinen Vornamen; er trug irgendeine sehr verblichene Tropenuniform und ganz zivile Halbschuhe. Er kam aus dem Hintergrund des Waggons direkt auf mich zu, blieb vor mir stehen und sagte mit einer überraschend sanften Stimme: »Nimm das Brot« – und als ich's nicht nahm, schüttelte er den Kopf und sagte: »Ihr habt ein verteufeltes Genie, aus allem eine symbolische Handlung zu machen. Es ist Brot, nichts als Brot, und die Frau hat es dir geschenkt, die Frau – komm.« Er hob ein Stück Brot auf, drückte es mir in die rechte Hand, die hilflos herunterhing, und drückte meine Hand um das Brot herum fest. Seine Augen waren ganz dunkel, nicht schwarz, und sein Gesicht sah nach vielen Gefängnissen aus. Ich nickte, setzte meine Handmuskeln in Bewegung, das Brot festzuhalten; es ging ein tiefes Seufzen durch den Waggon, Egelhecht nahm sein Brot, dann der Alte in der

Tropenuniform. »Verdammt«, sagte der Alte, »ich bin schon zwölf Jahre aus Deutschland weg, aber langsam fange ich an, hinter euch Verrückte zu kommen.« Noch bevor ich das Brot in den Mund stecken konnte, hielt der Zug, und wir stiegen aus.

Freies Feld, Rübenäcker, keine Bäume; ein paar belgische Posten mit dem flandrischen Löwen auf Mütze und Kragen liefen am Zug entlang und riefen: »Raus, alle raus!«
 Der Däumerling blieb neben mir; er putzte seine Brille, blickte auf das Stationsschild, sagte: »Weeze – fällt dir auch dazu was ein?«
 »Ja«, sagte ich, »liegt nördlich von Kevelaer und westlich von Xanten.«
 »Ach«, sagte er, »Kevelaer, Heinrich Heine.«
 »Und Xanten: Siegfried, falls du's vergessen hast.«
 Tante Helene, dachte ich. Weeze. Warum waren wir nicht bis Köln durchgefahren? Von Weeze war nicht mehr viel zu sehen außer ein paar ziegelroten Restklecksen zwischen Baumwipfeln. Tante Helene in Weeze hatte einen großen Laden gehabt, einen richtigen Dorfladen, und jeden Morgen steckte sie uns Geld zu, damit wir auf der Niers Kahn fahren konnten oder mit den Rädern nach Kevelaer; sonntags die Predigten in der Kirche: Deftig klang es über Schmuggler- und Ehebrecherhäupter hin.
 »Los«, sagte der belgische Posten, »mach doch voran, oder willst du nicht nach Hause?«
 Ich ging ins Lager rein. Zuerst mußten wir an einem englischen Offizier vorbei, der gab uns einen Zwanzigmarkschein, den empfangen zu haben wir quittieren mußten. Dann mußten wir zum Arzt; der war ein Deutscher, war jung und grinste; er wartete, bis zwölf oder fünfzehn von uns im Zimmer waren, dann sagte er: »Wer so krank ist, daß er nicht heute, heute noch nach Hause fahren kann, braucht nur die Hand hochzuheben«, und dann lachten ein paar von uns über diesen wahnsinnig witzigen Witz; dann gingen wir einzeln an seinem Tisch vorbei, bekamen

einen Stempel auf unseren Entlassungsschein und gingen zur anderen Tür hinaus. Ich blieb ein paar Augenblicke an der offenen Tür stehen, hörte, wie er sagte: »Wer so krank ist, daß –«, dann ging ich weiter, hörte das Lachen, als ich schon am anderen Ende des Flures war, und ging zur nächsten Station: Das war ein englischer Feldwebel, der stand im freien Feld neben einer nicht überdachten Latrine. Der Feldwebel sagte: »Zeigt eure Soldbücher her und alles, was ihr noch an Papieren habt.« Er sagte das auf deutsch, und wenn sie dann ihr Soldbuch herauszogen, zeigte er auf die Latrine und forderte sie auf, es in die Latrine zu werfen. Dabei sagte er, ebenfalls auf deutsch: »Hinein ins Vergnügen«, und dann lachten die meisten über diesen Witz. Ich hatte überhaupt festgestellt, daß die Deutschen plötzlich Sinn für Witz zu haben schienen, wenn es Ausländerwitz war: sogar Egelhecht hatte im Lager über den amerikanischen Hauptmann gelacht, der auf den Drahtverhau gezeigt und gesagt hatte: »Boys, nehmt es nicht tragisch, jetzt seid ihr endlich frei.«

Der englische Feldwebel fragte auch mich nach Papieren, aber ich hatte keine außer dem Entlassungsschein; mein Soldbuch hatte ich gegen zwei Zigaretten einem Amerikaner verkauft; ich sagte also: »Keine Papiere« – und das machte ihn so ärgerlich, wie der amerikanische Feldwebel gewesen war, dem ich auf die Frage: »Hitlerjugend, SA oder Partei?« geantwortet hatte: »No.« Er hatte mich angebrüllt und mir Strafdienst aufgebrummt, er hatte mich verflucht und meine Großmutter irgendwelcher sexueller Vergehen bezichtigt, deren Natur ich in Ermangelung amerikanischer Slangkenntnisse nicht herausbekommen hatte; es machte sie wütend, wenn etwas nicht in ihr Klischee paßte. Der englische Feldwebel wurde rot vor Wut, stand auf und fing an, mich abzutasten, und er brauchte nicht lange zu tasten, bis er mein Tagebuch gefunden hatte: es war dick, aus Papiersäcken zurechtgeschnitten, mit Drahtklammern zusammengeheftet, und ich hatte darin alles verzeichnet, was mir von Mitte April bis Ende September begegnet war: von meiner Gefangennahme durch den amerikanischen Sergeanten Stevenson bis zu der letzten Eintragung, die ich im Zug noch gemacht hatte, als wir durch das düstere Antwerpen fuhren und ich auf Mauern las: Vive le Roi! Es waren mehr als hundert Seiten Sackpapier, dicht beschrieben, und der wütende Feldwebel nahm es mir ab, warf es in die Latrine und sagte: »Didn't I ask you for papers?« Dann durfte ich gehen.

Wir standen dicht gedrängt am Lagertor und warteten auf die belgischen Lastwagen, von denen es hieß, daß sie uns nach Bonn fahren sollten. Bonn? Warum ausgerechnet nach Bonn? Irgend jemand erzählte, daß Köln gesperrt, weil von Leichen verseucht sei, und ein anderer erzählte, daß wir dreißig, vierzig Jahre lang würden Schutt schaufeln müssen, Schutt, Trümmer, »und sie werden uns nicht einmal Loren geben, wir müssen den Schutt in Körben wegtragen«. Zum Glück stand niemand in meiner Nähe, mit dem zusammen ich im Zelt gelegen hatte oder im Waggon gefahren war. Das Gequatsche aus Mündern, die ich noch nicht kannte, war eine Spur weniger ekelhaft, als es aus den Mündern, die ich kannte, gewesen wäre. Irgendwo vor mir sagte jemand: »Aber von dem Juden hat er dann das Brot genommen«, und ein anderer sagte: »Ja, das sind die Typen, die den Ton angeben werden.« Von hinten stieß mich einer an und fragte: »Hundert Gramm Brot gegen eine Zigarette, wie wär's?«, und er hielt mir die Hand von hinten vors Gesicht, und ich sah, daß es eins der Brotstücke war, die Egelhecht im Waggon verteilt hatte. Ich schüttelte den Kopf. Ein anderer sagte: »Die Belgier verkaufen Zigaretten das Stück zu zehn Mark.« Das kam mir sehr billig vor: Im Lager hatten die Deutschen Zigaretten das Stück für hundertzwanzig Mark gehandelt. »Will einer Zigaretten?« – »Ja«, sagte ich und gab meinen Zwanzigmarkschein in eine anonyme Hand.

Alle trieben mit allen Handel. Es war das einzige, was sie ernsthaft interessierte. Für zweitausend Mark und eine verschlissene Uniform bekam jemand einen Zivilanzug, Tausch und Umziehen wurden irgendwo vollzogen in der wartenden Menge, und ich hörte plötzlich jemand schreien: »Die Unterhose gehört dazu, das ist doch klar. Auch die Krawatte.« Jemand verkaufte seine Armbanduhr für dreitausend Mark. Der Haupthandelsgegenstand war Seife. Die in amerikanischen Lagern gewesen waren, hatten viel Seife, manche zwanzig Stück, denn es hatte jede Woche Seife gegeben, aber nie Wasser zum Waschen, und die in englischen Lagern gewesen waren, hatten überhaupt keine Seife. Die grünen und roten Seifenstücke gingen hin und her. Manche hatten an der Seife ihren bildnerischen Ehrgeiz entdeckt, Hündchen, Kätzchen, Gartenzwerge daraus gemacht, und jetzt stellte sich heraus, daß der bildnerische Ehrgeiz den Handelswert herabgemindert hatte: ungeformte Seife stand höher im Kurs als geformte, bei der Gewichtsverlust zu befürchten war.

Die anonyme Hand, in die ich den Zwanzigmarkschein gelegt hatte, tauchte tatsächlich wieder auf und drückte mir zwei Zigaretten in meine Linke, und ich war fast gerührt über so viel Ehrlichkeit (aber nur so lange war ich fast gerührt, bis ich erfuhr, daß die Belgier die Zigaretten für fünf Mark verkauften; offenbar galten hundert Prozent Gewinn als honoriger Satz, besonders unter »Kameraden«). Wir standen etwa zwei Stunden da, eingepfercht, und ich erinnere mich nur an Hände: handeltreibende Hände, die Seife von rechts nach links, von links nach rechts weitergaben, Geld von links nach rechts und von rechts wieder nach links; es war, als wäre ich in ein Schlangennest geraten; Hände von allen Seiten bewegten sich nach allen Seiten, reichten über meine Schultern und über meinen Kopf hinweg Ware und Geld in alle Richtungen.

Es war dem Däumerling gelungen, wieder in meine Nähe zu kommen. Er hockte neben mir auf dem belgischen Lastwagen, der auf Kevelaer zu, durch Kevelaer hindurch, auf Krefeld zu, um Krefeld herum nach Neuss fuhr; es war still über den Feldern, in den Städten, wir sahen kaum Menschen, wenig Tiere, und der dunkle Herbsthimmel hing niedrig; links von mir saß der Däumerling, rechts der belgische Posten, und wir blickten über die Plache hinweg auf die Landstraße, die ich so gut kannte: Mein Bruder und ich, wir waren sie oft entlanggefahren. Der Däumerling setzte immer wieder an, um sich zu rechtfertigen, aber ich schnitt ihm jedesmal das Wort ab, und er setzte immer wieder an, um geistreich zu erscheinen; er konnte es nicht lassen. »Aber zu Neuss«, sagte er, »kann dir doch einfach nichts einfallen. Was kann einem zu Neuss denn einfallen?«

»Novesia-Schokolade«, sagte ich, »Sauerkraut und Quirinus, aber von der Thebäischen Legion hast du sicher noch nie gehört.«

»Nein«, sagte er und wurde schon wieder rot.

Ich fragte den belgischen Posten, ob es wahr sei, daß Köln gesperrt, von Leichen verseucht sei, und er sagte: »Nein – aber es sieht schlimm aus, stammst du von da?«

»Ja«, sagte ich.

»Mach dich auf was gefaßt... hast du noch Seife?«

»Ja«, sagte ich.

»Komm her«, sagte er und zog ein Paket Tabak aus der Tasche, öffnete es und hielt mir den hellgelben, frischen Feinschnitt unter die Nase, »für zwei Stück Seife gehört es dir – ist das ein faires Angebot?«

Ich nickte, suchte in meiner Manteltasche nach der Seife, gab ihm zwei Stück und steckte den Tabak ein. Er gab mir seine Maschinenpistole zu halten, während er die Seife in seinen Taschen versteckte; er seufzte, als ich sie ihm zurückgab. »Diese verfluchten Dinger«, sagte er, »werden wir wohl noch eine Weile halten müssen. Euch geht's gar nicht so schlecht, wie ihr glaubt. Warum weinst du denn?«

Ich zeigte nach rechts: der Rhein. Wir fuhren auf Dormagen zu. Ich sah, daß der Däumerling den Mund aufmachen wollte, und sagte rasch: »Sei um Gottes willen still, sei endgültig still.« Wahrscheinlich hatte er mich fragen wollen, ob mir zum Rhein was einfiele. Gott sei Dank war er jetzt tief beleidigt und sagte bis Bonn nichts mehr.

Von Köln standen tatsächlich noch einige Häuser; irgendwo sah ich sogar eine fahrende Straßenbahn, auch Menschen, sogar Frauen: Eine winkte uns zu; wir bogen von der Neusser Straße in die Ringe ein und fuhren die Ringe entlang, und ich wartete die ganze Zeit über auf die Tränen, aber sie kamen nicht; sogar die Versicherungsgebäude auf den Ringen waren zerstört, und vom Hohenstaufenbad sah ich noch ein paar hellblaue Kacheln. Ich hoffte die ganze Zeit über, der Lastwagen würde rechts irgendwo abbiegen, denn wir hatten auf dem Karolingerring gewohnt; aber der Wagen bog nicht ab, er fuhr die Ringe hinunter: Barbarossaplatz, Sachsenring, Salierring, und ich versuchte nicht hinzusehen, und ich hätte nicht hingesehen, wenn die Lastwagenkolonne sich nicht vorne am Chlodwigplatz gestaut und wir nicht vor dem Haus gehalten hätten, in dem wir gewohnt hatten, und ich blickte also hin. Der Begriff »total zerstört« ist irreführend; es gelingt nur in Ausnahmefällen, ein Haus total zu zerstören: Es muß dreimal, viermal getroffen werden, und am sichersten ist, wenn es anschließend noch brennt; das Haus, in dem wir gewohnt hatten, war wirklich im Sinne amtlicher Termini total zerstört, aber es war es nicht im technischen Sinne. Das heißt, ich konnte es noch erkennen: den Eingang und die Klingelknöpfe, und ich möchte meinen, daß ein Haus, an dem man noch den Eingang und die Klingelknöpfe erkennen kann, nicht im strengen Sinne des technischen Terminus total zerstört ist; an dem Haus, in dem wir gewohnt hatten, war aber noch mehr zu erkennen als die Klingelknöpfe und der Eingang: Zwei Räume im Souterrain waren noch fast heil, im Hochparterre absurderweise sogar drei: Ein Mauerrest stützte den dritten Raum, der wahrscheinlich die Prüfung durch eine Wasserwaage nicht bestanden hätte; von unserer Wohnung in der ersten Etage war noch ein Raum heil, aber nach vorne, zur Straße hin aufgeknackt, darüber türmte sich ein hoher, schmaler Giebel, kahl, mit leeren Fensterhöhlen; das Interessante aber waren zwei Männer, die sich in unserem Wohnzimmer umherbewegten, als wäre es vertrauter Boden für ihre Füße; der eine nahm ein Bild von der Wand, den Terborchdruck, den mein Vater so geliebt hatte, ging mit dem Bild nach vorne und zeigte es einem dritten Mann, der unten vor dem Haus stand, aber dieser dritte Mann schüttelte den Kopf wie jemand, den ein versteigerter Gegenstand nicht interessiert, und der Mann oben ging mit dem Terborch wieder zurück und hängte ihn wieder an die Wand; er rückte das Bild sogar gerade; mich rührte dieser Zug zur Präzision – er trat sogar zurück, um festzustellen, ob das Bild wirklich gerade hing, dann nickte er befriedigt. Inzwischen nahm der zweite das andere Bild von der Wand: einen Kupferstich von Lochners Dombild, aber auch dieses schien dem dritten Mann, der unten stand, nicht zu gefallen; schließlich kam der erste, der den Terborch wieder hingehängt hatte, nach vorne und bildete mit seinen Händen einen Schalltrichter und rief: »Klavier in Sicht«, und der Mann unten lachte, nickte, bildete seinerseits mit seinen Händen einen Schalltrichter und rief: »Ich hole die Gurte.« Ich konnte das Klavier nicht sehen, wußte aber, wo es stand: rechts in der Ecke, die ich nicht einsehen konnte und wo gerade der Mann mit dem Lochnerbild verschwand.

»Wo hast du denn in Köln gewohnt?« fragte der belgische Posten.

»Oh, irgendwo«, sagte ich und machte eine vage Geste in Richtung auf die westlichen Vororte.

»Gott sei Dank, es geht weiter«, sagte der Posten. Er nahm seine Maschinenpistole wieder auf, die er vor sich auf den Boden des Wagens gelegt hatte, und rückte sich seine Mütze zurecht. Der flandrische Löwe auf seiner Mütze vorne war ziemlich schmutzig. Als wir in den Chlodwigplatz einbogen, konnte ich die Ursache der Stauung entdecken: Eine Art Razzia schien hier im Gang gewesen zu sein. Überall standen Autos der englischen Militärpolizei, darauf Zivilisten mit hocherhobenen Händen und ringsum eine regelrechte Menschenmenge, still und doch aufgeregt: überraschend viele Menschen in einer so stillen, zerstörten Stadt.

»Das ist der Schwarzmarkt«, sagte der belgische Posten, »hin und wieder räumen sie mal hier auf.«

Noch bevor wir Köln verlassen hatten, auf der Bonner Straße schon, fiel ich in Schlaf, und ich träumte von der Kaffeemühle meiner Mutter: die Kaffeemühle wurde an einem Gurt heruntergelassen von dem Mann, der den Terborch vergebens angeboten hatte, aber der Mann unten verwarf die Kaffeemühle; der andere zog sie wieder hoch, öffnete die Dielentür und versuchte die Kaffeemühle dort anzuschrauben, wo sie gehangen hatte: gleich links hinter der Küchentür, aber es war keine Wand mehr da, an der er sie hätte festschrauben können, und trotzdem versuchte es der Mann immer wieder (dieser Zug zur Ordnung rührte mich sogar im Traum). Er suchte mit dem Zeigefinger der rechten Hand nach den Dübeln, fand sie nicht und drohte zornig mit der Faust in den grauen Herbsthimmel hinauf, der der Kaffeemühle keinen Halt bot; schließlich gab er es auf, band den Gurt wieder um die Mühle, ging nach vorne, ließ die Kaffeemühle hinunter und bot sie dem dritten an, der sie wiederum verwarf, und der andere zog sie wieder hoch, wickelte den Gurt ab und verbarg die Kaffeemühle wie eine Kostbarkeit unter seiner Jacke; dann fing er an, den Gurt aufzuwickeln, rollte ihn zu einer Art Scheibe zusammen und warf ihn dem dritten Mann da unten ins Gesicht. Die ganze Zeit über beunruhigte mich die Frage, was aus dem Mann geworden sein konnte, der den Lochner vergebens angeboten hatte, aber ich konnte ihn nicht entdecken; irgend etwas hinderte mich, in die Ecke zu blicken, wo das Klavier stand, der Schreibtisch meines Vaters, und ich war unglücklich über die Vorstellung, daß er in den Notizbüchern meines Vaters lesen könnte. Der

Mann mit der Kaffeemühle stand jetzt an der Wohnzimmertür und versuchte die Kaffeemühle an der Türfüllung festzuschrauben, er schien fest entschlossen, der Kaffeemühle Platz und Dauer zu verleihen, und ich fing an, ihn gern zu haben, noch bevor ich entdeckte, daß er einer von unseren vielen Freunden war, die meine Mutter unter der Kaffeemühle getröstet hatte, einer, der schon im Anfang des Krieges bei einem Bombenangriff getötet worden war.

Noch vor Bonn weckte mich der belgische Posten. »Komm«, sagte er, »reib dir die Augen, die Freiheit ist nahe«, und ich setzte mich zurecht und dachte an die vielen, die unter meiner Mutter Kaffeemühle gesessen hatten: Schulschwänzer, denen sie die Angst vor Klassenarbeiten nahm, Nazis, die sie zu belehren, Nichtnazis, die sie zu stärken versuchte: Sie alle hatten auf dem Stuhl unter der Kaffeemühle gesessen, Trost und Anklage, Verteidigung und Aufschub erlangt, mit bitteren Worten waren ihre Ideale zerstört und mit milden Worten ihnen angeboten worden, was die Zeiten überdauern würde: Gnade den Schwachen, Trost den Verfolgten.

Alter Friedhof, Markt, Universität. Bonn. Durchs Koblenzer Tor in den Hofgarten. »Adieu«, sagte der belgische Posten, und der Däumerling sagte mit müdem Kindergesicht: »Schreib mir doch mal.« – »Ja«, sagte ich, »ich schick' dir meinen ganzen Tucholsky.«

»Fein«, sagte er, »auch den Kleist?«

»Nein«, sagte ich, »nur, was ich doppelt habe.«

Vor dem Stacheldrahtgatter, durch das wir endgültig entlassen wurden, stand ein Mann zwischen zwei großen Waschkörben; in dem einen Waschkorb hatte er sehr viele Äpfel, in dem anderen ein paar Stück Seife; er rief: »Vitamine, Kameraden, ein Apfel – ein Stück Seife.« Und ich spürte, wie mir das Wasser im Mund zusammenlief; ich hatte gar nicht mehr gewußt, wie Äpfel aussehen; ich gab ihm ein Stück Seife, bekam einen Apfel und biß sofort hinein; ich blieb stehen und sah zu, wie die anderen herauskamen; er brauchte gar nichts mehr zu rufen: Es war ein stummer Handel; er nahm einen Apfel aus dem Korb, bekam ein Stück Seife und warf das Stück Seife in den leeren Korb: Es klang dumpf und hart, wenn die Seife aufschlug; nicht alle nahmen Äpfel, nicht alle hatten Seife, aber die Abfertigung ging so rasch wie in den Selbstbedienungsläden, und als ich meinen Apfel gerade aufgegessen hatte, hatte er seinen Seifenkorb schon halb voll. Es ging alles rasch und reibungslos und ohne Worte, und selbst die, die sehr sparsam und sehr berechnend gewesen waren, konnten dem Anblick der Äpfel nicht widerstehen, und ich fing an, Mitleid mit ihnen zu haben. Die Heimat begrüßte ihre Heimkehrer so liebevoll mit Vitaminen.

Es dauerte lange, bis ich in Bonn ein Telefon gefunden hatte; schließlich erzählte mir ein Mädchen im Postamt, daß nur Ärzte und Priester Telefon bekämen, und auch die nur, wenn sie keine Nazis gewesen wären. »Sie haben so schreckliche Angst vor den Werwölfen«, sagte das Mädchen. »Sie haben nicht zufällig 'ne Zigarette für mich?« Ich nahm mein Paket Tabak aus der Tasche und sagte: »Soll ich Ihnen eine drehen?«, aber sie sagte nein, das könne sie schon, und ich sah ihr zu, wie sie Zigarettenpapier aus ihrer Manteltasche nahm und sich sehr geschickt und rasch eine volle Zigarette drehte. »Wen wollen Sie denn anrufen?« sagte sie, und ich sagte: »Meine Frau«, und sie lachte und sagte, ich sähe gar nicht verheiratet aus. Ich drehte mir auch eine Zigarette und fragte sie, ob es vielleicht irgendeine Möglichkeit gäbe, ein Stück Seife zu verkaufen; ich brauchte Geld, Fahrgeld, und besäße keinen Pfennig. »Seife«, sagte sie, »zeigen Sie her.« Ich suchte ein Stück Seife aus meinem Mantelfutter heraus, und sie riß es mir aus der Hand, roch daran und sagte: »Mein Gott, echte Palmolive – die kostet, kostet – ich gebe Ihnen fünfzig Mark dafür.« Ich blickte sie erstaunt an, und sie sagte: »Ja, ich weiß, sie geben bis zu achtzig dafür, aber ich kann mir das nicht leisten.« Ich wollte die fünfzig Mark nicht haben, aber sie bestand darauf, daß ich sie nähme, sie schob mir den Schein in die Manteltasche und lief aus dem Postamt raus; sie war ganz hübsch, von einer hungrigen Hübschheit, die den Mädchenstimmen eine bestimmte Schärfe verleiht.

Was mir am meisten auffiel, im Postamt und als ich weiter durch Bonn schlenderte, war die Tatsache, daß nirgendwo ein farbentragender Student zu sehen war, und es waren die Gerüche: alle Leute rochen schlecht, und in allen Räumen roch es schlecht, und ich verstand, wie verrückt das Mädchen auf die Seife gewesen war; ich ging zum Bahnhof, versuchte herauszukriegen, wie ich nach Oberkerschenbach kommen könnte (dort wohnte die, die ich geheiratet hatte), aber niemand konnte es mir sagen; ich wußte von dem Nest nur, daß es irgendwo nicht sehr weit von Bonn in der Eifel lag; es gab auch nirgendwo Landkarten, auf denen ich hätte nachsehen können; wahrscheinlich waren sie der Werwölfe wegen verboten. Ich habe immer gern genau gewußt, wo ein Ort liegt, und es machte mich unruhig, daß ich von diesem Oberkerschenbach nichts Genaues wußte und nichts Genaues erfahren konnte. Ich wälzte alle Bonner Adressen, die ich kannte, hin und her, fand aber keinen Arzt und keinen Priester darunter; endlich fiel mir ein Theologieprofessor ein, den ich kurz vor dem Krieg mit einem Freund besucht hatte; er hatte irgend etwas mit Rom und dem Index gehabt, und wir waren einfach zu ihm gegangen, unsere Sympathie zu bekunden; ich wußte den Namen der Straße nicht mehr, wußte aber, wo sie lag, und ging die Poppelsdorfer Allee hinunter, dann links, noch einmal links, fand das Haus und war erleichtert, als ich den Namen an der Tür las. Der Professor kam selbst an die Tür; er war sehr alt geworden, mager, gebeugt und sehr weißhaarig. Ich sagte: »Sie kennen mich sicher nicht mehr, Herr Professor, ich war damals bei Ihnen, als Sie den Stunk mit Rom und mit dem Index hatten – kann ich Sie einen Augenblick sprechen?« Er lachte, als ich Stunk sagte, sagte: »Bitte«, als ich fertig war, und ging mir voraus in sein Studierzimmer; was mir auffiel, war, daß es nicht mehr nach Tabak roch, sonst war es unverändert mit all den Büchern, den Zettelkästen und den Gummibäumen. Ich sagte dem Professor, ich hätte gehört, daß nur Priester und Ärzte Telefon hätten, und ich müßte unbedingt mit meiner Frau telefonieren; er ließ mich – was sehr selten ist – ganz ausreden und sagte dann, er sei zwar Priester, aber keiner von denen, die Telefon hätten, denn: »Sehen Sie«, sagte er, »ich bin kein Seelsorger.« – »Vielleicht sind Sie ein Werwolf«, sagte ich; ich bot ihm Tabak an, und er tat mir leid, als ich sah, wie er auf meinen Tabak blickte; es tut mir immer leid, wenn alte Leute auf etwas verzichten müssen, was sie gern haben. Seine Hände zitterten, als er sich eine Pfeife stopfte, und sie zitterten nicht nur, weil er alt war. Als er sie endlich angezündet hatte – ich hatte keine Streichhölzer und konnte ihm nicht dabei helfen –, sagte er zu mir, nicht nur Ärzte und Priester hätten Telefon, auch »diese Tingeltangel, die man überall aufmacht, wo Soldaten sind«, und ich sollte es doch in einem dieser Tingeltangel versuchen; es sei einer gleich um die Ecke. Er weinte, als ich ihm zum Abschied noch ein paar Pfeifen Tabak auf den Schreibtisch legte, und er fragte mich unter Tränen, ob ich auch wisse, was ich tue, und ich sagte, ja, ich wüßte es, und ich forderte ihn auf, die paar Pfeifen Tabak als einen verspäteten Tribut entgegenzunehmen für die Tapferkeit, die er damals mit Rom bewiesen habe. Ich hätte ihm gern noch ein Stück Seife geschenkt, ich hatte noch fünf oder sechs Stück im Mantelfutter, aber ich fürchtete, es würde ihm vor Freude das Herz brechen; er war so alt und schwach.

»Tingeltangel« war sehr vornehm ausgedrückt; aber das störte mich weniger als der englische Posten vor der Tür dieses Tingeltangels. Er war noch jung und sah mich streng an, als ich bei ihm stehenblieb. Er zeigte auf das Schild, das Deutschen das Betreten dieses Tingeltangels verbot, aber ich sagte ihm, meine Schwester sei drinnen beschäftigt, ich sei gerade heimgekehrt ins teure Vaterland und meine Schwester habe den Hausschlüssel. Er fragte mich nach dem Namen meiner Schwester, und es schien mir als das sicherste, den deutschesten aller deutschen Mädchennamen zu nennen, und ich sagte: »Gretchen«; ja, sagte er, das sei die Blonde, und er ließ mich rein; ich erspare mir die Beschreibung des Hausinneren, indem ich auf die einschlägige »Fräulein«-Literatur, auf Film und Fernsehen verweise; ich erspare mir sogar die Beschreibung von Gretchen (siehe oben); wichtig ist nur, daß Gretchen von einer erstaunlich schnellen Auffassungsgabe war und bereit, gegen ein Honorar von einem Stück Palmolive eine Telefonverbindung mit dem Pfarramt in Kerschenbach (von dem ich hoffte, daß es überhaupt existierte) herzustellen und die, die ich geheiratet hatte, ans Telefon rufen zu lassen. Gretchen sprach fließend englisch ins Telefon und erklärte mir, daß ihr Freund es über die Dienstleitung versuchen werde, das ginge schneller. Ich bot ihr, während wir warteten, Tabak an, aber sie hatte Besseres; ich wollte ihr das Stück Seife als verabredetes Honorar als Vorschuß auszahlen, aber sie sagte, nein, sie verzichte darauf, sie wolle nichts dafür nehmen, und als ich auf der Auszahlung bestand, fing sie an zu weinen und berichtete mir, daß einer ihrer Brüder in Gefangenschaft sei, der andere tot, und ich hatte Mitleid mit ihr, denn es ist nicht schön, wenn Mädchen wie Gretchen weinen; sie gestand mir sogar, daß sie auch katholisch sei, und als sie gerade ihr Erstkommunionsbild aus irgendeiner Schublade ziehen wollte, läutete das Telefon, und Gretchen nahm den Hörer ab und sagte: »Herr Pfarrer«, aber ich hatte schon gehört, daß es keine männliche Stimme war. »Moment«, sagte Gretchen und reichte mir den Hörer. Ich war so aufgeregt, daß ich den Hörer nicht halten konnte, er fiel mir tatsächlich aus der Hand, zum Glück auf Gretchens Schoß; die nahm ihn auf, hielt ihn mir ans Ohr, und ich sagte: »Hallo – bist du's?«

»Ja«, sagte sie, »– du, wo bist du?«

»Ich bin in Bonn«, sagte ich, »der Krieg ist aus – für mich.«

»Gott«, sagte sie, »ich kann es nicht glauben. Nein – es ist nicht wahr.«

»Doch«, sagte ich, »es ist wahr – hast du meine Karte damals bekommen?«

»Nein«, sagte sie, »welche Karte?«

»Als ich in Gefangenschaft kam – da durften wir eine Karte schreiben.«

»Nein«, sagte sie, »ich weiß seit acht Monaten nichts von dir.«

»Diese Schweine«, sagte ich, »diese verfluchten Schweine – ach, sag mir nur noch, wo Kerschenbach liegt.«

»Ich« – sie weinte so heftig, daß sie nicht mehr sprechen konnte, ich hörte sie schluchzen und schlucken, bis sie endlich flüstern konnte: »– am Bahnhof in Bonn, ich hole dich ab«, dann hörte ich sie nicht mehr, irgend jemand sagte auf englisch etwas, das ich nicht verstand.

Gretchen nahm den Hörer ans Ohr, lauschte einen Augenblick, schüttelte den Kopf und legte auf. Ich blickte sie an und wußte, daß ich ihr die Seife nicht mehr anbieten konnte. Ich konnte auch nicht »danke« sagen, das Wort kam mir dumm vor. Ich hob hilflos die Arme und ging hinaus.

Ich ging zum Bahnhof zurück, mit der Frauenstimme im Ohr, die noch nie nach Ehe geklungen hatte.

Keine Träne um Schmeck

I

Als Müllers Übelkeit sich jenem Punkt näherte, wo die Entladung unvermeidlich war, herrschte im Hörsaal weihevolle, hingegebene Stille. Die gepflegt klanglose, mit hoher Kultur auf heiser gehaltene Stimme von Professor Schmeck hatte sich jetzt (siebzehn Minuten vor Ende der Vorlesung) in jenes sanfte, sowohl einschläfernde wie aufreizende Leiern hineingesteigert, das einen bestimmten Studentinnentyp (den ausgesprochen intellektuellen, den man früher Blaustrumpf nannte) in fast sexuelle Erregung versetzte; in diesem Augenblick waren sie bereit, für Schmeck zu sterben. Schmeck selbst pflegte – im vertrauten Gespräch – diesen Punkt der Vorlesung als den zu bezeichnen, an dem »das bis auf die Spitze, bis an den äußersten Rand seiner Möglichkeiten getriebene Rationale irrational zu wirken beginnt, und«, pflegte er hinzuzufügen, »meine Freunde, wenn Sie bedenken, daß ein Gottesdienst anständigerweise fünfundvierzig Minuten dauert, wie der Liebesakt – nun, dann werden Sie begreifen, meine Freunde, daß Rhythmus und Langeweile, Steigerung und Nachlassen, Höhepunkt – und Ausatmen – zum Gottesdienst, zum Liebesakt und – jedenfalls meiner Ansicht nach – zum akademischen Vortrag gehören«.

An diesem Punkt, etwa in der dreiunddreißigsten Minute der Vorlesung, gab es keine Gleichgültigkeit mehr im Saal: nur Anbetung und Abneigung; die anbetenden Zuhörer hätten jeden Augenblick in unartikuliert rhythmisches Geschrei ausbrechen können, das die ablehnenden Zuhörer (die in der Minderheit waren) zu provokativem Geschrei veranlaßt hätte. Aber in diesem Augenblick, wo solch unakademisch Gebaren zu fürchten gewesen wäre, brach Schmeck mitten im Satz ab und führte durch eine prosaische Geste jene Ernüchterung herbei, die er brauchte, um die Vorlesung zu einem überschaubaren Ende zu bringen: Er putzte sich mit einem großkarierten, bunten Taschentuch (wie sie früher unter der Bezeichnung Fuhrmannstaschentuch bekannt waren) die Nase, und der obligatorische Blick, den er auf sein Taschentuch warf, bevor er es wieder einsteckte, brachte auch die allerletzte Studentin im Saal, der möglicherweise schon leichter Schaum vor dem Mund stand, zur Ernüchterung. »Ich brauche Anbetung«, pflegte Schmeck zu sagen, »und kann sie doch nicht ertragen.«

Ein tiefes Seufzen ging durch den Hörsaal, Hunderte schworen sich, nie mehr in Schmecks Vorlesung zu gehen – und würden sich am Dienstagnachmittag an der Hörsaaltür drängen, würden eine halbe Stunde vor Beginn schon Schlange stehen, die Vorlesung des Schmeck-Gegners Livorno versäumen, um Schmeck zu hören (der seine Vorlesungstermine immer erst dann bekanntgab, wenn Livorno seine schon festgesetzt hatte; Schmeck scheute sich nicht, immer dann, wenn er fürs Vorlesungsverzeichnis seine Termine hätte bekanntgeben müssen, so weit zu verreisen, daß er selbst telegrafisch nicht zu erreichen war; im vergangenen Semester hatte er eine Expedition zu den Warrau-Indianern unternommen, war für Wochen im Mündungsgebiet des Orinoko unauffindbar und hatte nach Beendigung seiner Expedition aus Caracas seinen Vorlesungstermin telegrafiert, der genau mit dem von Livorno übereinstimmte – eine Tatsache, die eine Quästurangestellte zu der Bemerkung veranlaßte: »Der hat natürlich auch in Venezuela seine Spione.«).

Das tiefe Seufzen erschien Müller als die rechte Gelegenheit, endlich zu tun, was er schon vor einer Viertelstunde hätte tun sollen, aber nicht riskiert hatte: hinauszugehen und seinen Magen zu befreien. Als er, seine Aktentasche nur lose unter den Arm geklemmt, in der ersten Reihe aufstand, sich durch die dichten Reihen hindurchdrängte, nahm er flüchtig den Ausdruck von Empörung, von Erstaunen auf den Gesichtern der Studenten wahr, die ihm widerwillig Platz machten: Selbst den Schmeck-Gegnern erschien es wohl unvorstellbar, daß es jemand geben konnte – und außerdem einen dezidierten Schmeck-Anhänger, von dem man munkelte, er kandidiere für die Stelle des ersten Assistenten –, der sich diese perfide Brillanz auch nur teilweise entgehen ließe. Als Müller den Ausgang endlich erreicht hatte, hörte er noch mit halbem Ohr die zweite Hälfte des Satzes, den Schmeck abgebrochen hatte, um sich die Nase zu putzen – »zum Kernpunkt des Problems: Ist der Lodenmantel eine zufällige oder eine typische Bekleidung? Ist er soziologisch repräsentativ?«

2

Müller erreichte die Toilette im allerletzten Augenblick, er riß seinen Krawattenknoten nach unten, das Hemd auf, hörte das abgerissene Hemdknöpfchen mit hellem Geräusch in die Nebenkabine rollen, ließ seine Mappe einfach auf den Fliesenboden fallen – und erbrach sich; er spürte, wie der kalte Schweiß auf seinem sich wieder erwärmenden Gesicht noch kälter wurde, brachte, ohne die Augen zu öffnen, indem er nach dem Knopf tastete, die Spülung in Gang und war erstaunt, daß er sich auf eine endgültige Weise nicht nur befreit, auch gereinigt fühlte: Was da hinuntergespült wurde, war mehr als Erbrochenes: eine halbe Weltanschauung, die Bestätigung eines Verdachts, Wut – er lachte vor Erleichterung, wischte sich mit dem Taschentuch über den Mund, schob den Krawattenknoten flüchtig wieder hoch, hob seine Mappe auf und verließ die Kabine. Sie hatten ihn schon hundertmal deswegen verlacht, aber nun erwies sich, wie nützlich es war, daß er immer Handtuch und Seife mit sich trug, Hunderte Mal schon hatten sie ihn seiner »kleinbürgerlichen« Seifendose wegen verspottet; als er sie jetzt öffnete, hätte er seine Mutter, die sie ihm aufgedrängt hatte, als er vor drei

Jahren auf die Universität zog, küssen mögen: Seife war genau das, was er jetzt brauchte; er griff zögernd an seine Krawatte, ließ sie, wo sie war, hängte seine Jacke an die Klinke der Toilettentür, wusch sich gründlich Gesicht und Hände, fuhr sich flüchtig über den Hals und verließ eilig die Toilette: Noch waren die Flure leer, und wenn er sich beeilte, konnte er noch vor Marie auf seinem Zimmer sein. Ich werde sie fragen, dachte er, ob Ekel, der ganz eindeutig geistigen Ursprungs ist, einem so heftig auf den Magen schlagen kann.

3

Es war ein milder, feuchter Vorfrühlingstag, und zum erstenmal in den drei Jahren Universität verfehlte er die letzte, die dritte Stufe am Hauptportal – er hatte nur zwei eingerechnet –, stolperte, und während er sich wieder fing und in Schritt zu fallen versuchte, spürte er die Nachwirkungen der vergangenen fürchterlichen Viertelstunde; ihm war schwindlig, und die Umwelt erschien ihm in einer freundlichen, träumerischen Verschwommenheit; von impressionistischer Sinnlichkeit waren die Gesichter der Mädchen, die er auf Germanistinnen schätzte, träge schlenderten sie mit ihren Mappen und Büchern unter grünen Bäumen daher, und sogar die buntbemützten Katholiken, die da zu irgendeinem Konvent auf dem Vorplatz sich eingefunden hatten, wirkten weniger abstoßend als sonst: Ihre farbigen Bänder und Mützen hätten Fetzen eines sich auflösenden Regenbogens sein können. Müller taumelte weiter, erwiderte automatisch Grüße, kämpfte gegen den Strom an, der sich jetzt, gegen halb zwölf, in die Universität ergoß, ein Arbeiterstrom bei Schichtwechsel.

4

Erst in der Straßenbahr, als er schon drei Stationen weit gefahren war, fing er an, wieder recht zu sehen, als habe er eine Brille aufgesetzt, die eine Dioptrie korrigierte; von der einen Vorstadt ins Stadtzentrum, vom Zentrum wieder in eine andere Vorstadt hinaus: fast eine Stunde Zeit, nachzudenken und alles »ins rechte Licht zu rücken«. Es konnte doch gar nicht wahr sein! Hatte Schmeck nötig, ihn – das sechste Semester Rudolf Müller – zu beklauen? Er hatte doch Schmeck vorgeschlagen, eine Reihe ›Soziologie der Kleidung‹ zu begründen, als ersten Titel seiner Arbeit: ›Versuch einer Soziologie des Lodenmantels‹ zu nehmen, und Schmeck hatte begeistert zugestimmt, ihn beglückwünscht, ihm angetragen, die ganze zu begründende Reihe zu überwachen. Und hatte er nicht Schmeck in dessen Arbeitszimmer die ersten Seiten seiner ›Soziologie des Lodenmantels‹ vorgelesen, Sätze, die er heute wortwörtlich aus Schmecks Munde wiedergehört hatte? Müller wurde wieder blaß, riß seine Mappe auf, durchwühlte sie: Die Seifendose fiel auf den Boden, dann ein Buch von Schmeck: ›Anfangsgründe der Soziologie‹. Wo war sein Manuskript? War's Traum, Erinnerung oder Halluzination, was er plötzlich vor sich sah: Schmecks Lächeln an der Tür des Arbeitszimmers, die weißen Manuskriptblätter in Schmecks Hand. »Natürlich werde ich mir gerne einmal Ihre Arbeit anschauen!« Dann die Osterferien – zunächst nach Hause, später mit einer Studiengruppe drei Wochen in London – und heute Schmecks Vorlesung ›Ansätze zu einer Soziologie der Kleidung, erster Teil: Zur Soziologie des Lodenmantels‹...

5

Umsteigen. Er stieg automatisch aus, wieder ein, als seine Bahn kam, seufzte bekümmert, als die ältliche Schaffnerin auf ihrem Thron ihn erkannte. Würde sie wieder den Witz machen, den sie immer machte, seitdem sie seinen Studentenausweis gesehen hatte? Sie machte den Witz: »Na, die Herren Studenten, um halb zwölf Feierabend – und jetzt mit die Mädchen los, was?« Die Fahrgäste lachten, Müller wurde rot, drängte sich nach vorne, wäre am liebsten ausgestiegen, schneller gelaufen, als die Bahn fuhr, um endlich nach Hause auf sein Zimmer zu kommen und Gewißheit zu haben. Sein Tagebuch würde es beweisen – oder ob Marie als Zeugin etwas nützen würde? Sie hatte für ihn die Arbeit getippt, er erinnerte sich noch ihres Vorschlags, einen Durchschlag zu machen, sah ihre Hand, die das Durchschlagpapier schon hochhielt, aber er hatte abgewinkt, darauf hingewiesen, daß es ja nur ein Entwurf sei, eine Skizze – und er sah Maries Hand, die das Pauspapier wieder in die Schublade legte und anfing zu schreiben. »Rudolf Müller, stud. phil., Buchweizenstraße 17« – und während er ihr den Kopf der Arbeit diktierte, war ihm eingefallen: Man könnte auch eine Soziologie der Speisen schreiben: Buchweizengrütze, Pfannekuchen, Sauerbraten – der in der Arbeitersiedlung, in der er aufgewachsen war, als die Krone des Feinschmeckens galt, in der Skala der Seligkeiten gleichrangig neben geschlechtlichen Freuden rangierte –, Reis mit Zimt, Erbsensuppe mit Speck; und noch bevor er anfing, Marie seine Arbeit zu diktieren, träumte er davon, der Soziologie des Lodenmantels eine der Bratkartoffeln folgen zu lassen. Einfälle, Einfälle genug – und er wußte, daß er das Zeug dazu hatte, diese Einfälle zu realisieren.

Diese unendlich langen Ausfallstraßen, römisch, napoleonisch – schon waren die Hausnummern über 900 dran. Erinnerung in Bruchstücken: Schmecks Stimme – der plötzliche Brechreiz, als zum erstenmal das Wort »Lodenmantel« fiel – acht oder neun Minuten da vorne in der ersten Reihe, der Drang zum Erbrechen – dann die dreiunddreißigste Minute, Schmecks Taschentuch, sein Blick auf das Ergebnis seiner geräuschvollen Bemühungen – endlich die Toilette – nebelhafte Feuchtigkeit vor der Universität – sinnlich verschwimmende Germanistinnengesichter – katholische Couleurbänder wie Reste eines sterbenden Regenbogens; in die 12 eingestiegen, in die 18 umgestiegen – der Witz der Schaffnerin – und schon die Hausnummern Mainzer Straße 980, 981. Er zog eine der drei Zigaretten heraus, die er in der oberen Jackentasche als Vormittagsration mitgenommen hatte, tastete nach dem Feuerzeug.

»Komm her, Student, gib mir auch Feuer.« Er stand auf, lächelte müde, während er nach hinten ging, wo die alte Schaffnerin sich von ihrem Thron herunterquetschte. Er hielt das brennende Feuerzeug an ihren Zigarettenstummel, zündete auch seine Zigarette an und war angenehm überrascht, als ihm nicht übel wurde. »Kummer, junger Mann?« Er nickte, forschte angestrengt auf ihrem derben, rotgeäderten Gesicht, die Zote fürchtend, die sie als Trost anbieten könnte, aber sie nickte nur, sagte »Danke, Kavalier«, hielt sich an seiner Schulter fest, als die Bahn in die Endstationsschleife einbog, stieg vor ihm aus, als die Bahn hielt, und wackelte auf den ersten Wagen zu, wo der Fahrer schon seine Thermosflasche entkorkte.

So klein waren diese grauen Häuser und so eng diese Straßen. Schon ein geparktes Motorrad versperrte sie; vor dreißig Jahren hatten die damals Fortschrittsgläubigen nicht geglaubt, daß Autos selbstverständlich werden könnten; Zukunftsträume waren hier Gegenwart geworden und gestorben; alles, was später beanspruchen würde, fortschrittlich und zukünftig zu sein, wurde als feindselig empfunden; alle Straßen waren gleich, von der Ahornallee bis zur Zwiebelstraße; Kamille und Lauch, Kapuzinerkresse (war zunächst abgelehnt worden, denn es klang so klerikal, wurde aber als botanisch eindeutig und des Klerikalismus unverdächtig dann doch vom Vorstand genehmigt) und Liguster – »alles, was wächst«, war hier als Straßenname vertreten; war umrandet von einer Marxallee und hatte sein Zentrum in einem Engelsplatz (die Marx- und Engelsstraße waren von älteren Arbeitersiedlungen schon besetzt). Die kleine Kirche war später erbaut worden, als sich herausstellte, daß die erklärten Atheisten alle mit frommen Frauen verheiratet waren – als der Wahlbezirk »Blumenhof« eines Tages (fromme Mütter hatten ihre inzwischen erwachsenen Söhne und Töchter auf ihrer Seite) mehr Zentrums- als SPD-Stimmen melden mußte, als schamrote alte Sozialisten sich vor Kummer betranken, entschlossen zur KPD überwechselten. Nun war die kleine Kirche schon längst viel zu klein, quoll sonntags über, und im Rektoratshaus konnte man das Modell der geplanten neuen bewundern. Sehr modern. Außerhalb der Marxallee hatte die benachbarte Kirchengemeinde St. Bonifatius Land geschenkt für die neue Kirche des heiligen Joseph, Schutzpatrons der Arbeiter. Schon ragten Baukräne triumphierend in den Frühlingshimmel.

Müller versuchte zu lächeln, aber es gelang ihm nicht, wenn er an seinen Vater dachte: Ihm schien immer, als sei das aufklärerische Atheistenpathos der zwanziger Jahre hier noch zu riechen, das Freie-Liebe-Klima noch vorhanden, und obwohl es nie mehr zu hören war, schien ihm in diesen Straßen das ›Brüder zur Sonne, zur Freiheit‹ noch nachzuklingen; sein Lächeln mißlang. Rosmarinstraße, Tulpenstraße, Thymianweg – und wieder ein neuer Straßenzyklus, mit dem Alphabet beginnend: Akazienaue, endlich die Buchweizenstraße – »alles, was wächst«; da das Haus Nummer 17, und sein Lächeln gelang, als er Maries Fahrrad entdeckte: Es lehnte gegen das eiserne Gestänge, mit dem Onkel Willi den Mülleimer eingerahmt hatte, das schlechtgeputzte, wacklige Fahrrad der Freiin von Schlimm, jüngere Linie. Sein Wunsch, auch dem Fahrrad Zärtlichkeit zu erweisen, realisierte sich in einem leichten Tritt gegen die Felgen des Hinterrades. Er schloß die Tür auf, rief »Tag, Tante« in den engen Flur, aus dem es nach Bratkartoffeln roch, hob das Paket auf, das auf der untersten Treppenstufe lag, und stürmte nach oben. Der Aufgang war so eng, daß er jedesmal mit seinem Ellenbogen die rötlichbraune Rupfenbespannung berührte, und Tante Käthe behauptete, daß sie die Heftigkeit und die Anzahl seiner Treppenersteigungen an den Verschleißspuren abzulesen imstande sei – im Laufe der drei Jahre hatte sich eine Verdünnungsspur gebildet, deren Grundton an einen Kahlkopf erinnerte.

8

Marie. Er war jedesmal wieder gerührt über die Heftigkeit seiner Gefühle für sie, und jedesmal (er hatte sie jetzt schon mehr als dreihundertmal getroffen, er führte an Hand seines Tagebuchs eine Art Statistik darüber), jedesmal kam sie ihm magerer vor, als er sie in Erinnerung hatte. Im Laufe jedes Rendezvous schien sie sich zu füllen, er behielt sie voll in Erinnerung und war immer wieder überrascht, wenn er sie in ihrer ursprünglichen, unveränderten Magerkeit wiedersah. Sie hatte die Schuhe und Strümpfe ausgezogen, lag auf seinem Bett, dunkelhaarig und von einer

Blässe, die für ein Zeichen von Schwindsucht zu halten er immer noch nicht lassen konnte.

»Bitte«, sagte sie leise, »küß mich nicht, den ganzen Morgen über habe ich schmutzige Witze über alle Arten der Liebe gehört. Wenn du lieb sein willst, massiere meine Füße.« Er warf seine Mappe und das Paket hin, kniete sich vors Bett und nahm ihre Füße in seine Hände. »Ach, du bist lieb«, sagte sie, »ich hoffe nur, du bekommst keinen Krankenwärterkomplex – bei euch weiß man nie, was man anrichtet, und bitte«, sagte sie leiser, »laß uns zu Hause bleiben, ich bin zu müde, um noch irgendwohin zum Essen zu gehen. Daß ich mittags immer weg bin, wird von unserer Fürsorgerin, die sich ums Betriebsklima kümmert, sowieso schon als gemeinschaftsfeindlich registriert.«

»Verflucht«, sagte er, »warum machst du nicht Schluß mit der Quälerei? Diese Schweine!«

»Wen meinst du damit? Die Chefs oder die Kolleginnen?«

»Die Chefs«, sagte er; »was du schmutzige Witze nennst, ist der Ausdruck der einzigen Freude, die diese Mädchen haben; deine bürgerlichen Ohren...«

»Ich habe feudale Ohren, wenn meine Ohren schon ein soziologisches Beiwort nötig haben.«

»Der Feudalismus hat dem Bürgertum nicht widerstanden, er hat sich mit der Industrie verheiratet, die ihn verbürgerlicht hat; du verwechselst das, was zufällig an dir ist, mit dem, was typisch an dir ist; so viel Wert auf den Namen zu legen, indem man ihn so unwert findet wie du den deinen, ist auch spätbürgerlicher Idealismus. Genügt es dir nicht, daß du bald – vor Gott und den Menschen, wie ihr es nennt – Marie Müller heißen wirst?«

»Deine Hände sind gut«, sagte sie. »Wann wirst du in der Lage sein, Frau und Kinder damit zu ernähren?«

»Sobald du die Mühe auf dich nimmst, auszurechnen, was uns nach dem Honnefer-Modell bleibt, wenn wir verheiratet sind und du weiterarbeitest.«

Sie richtete sich auf und leierte wie ein Schulmädchen

ab: »Zweihundertdreiundvierzig bekommst du im Monat, den Höchstsatz, als Hilfsassistent verdienst du zweihundert, wovon einhundertfünfundzwanzig, weil studienverwandt verdient, frei sind: macht dreihundertachtundsechzig – dein Vater verdient aber siebenhundertundzehn netto, das heißt zweihundertundsechzig mehr als den Freibetrag, so bekommst du, weil du Einzelkind bist, einhundertunddreißig wieder abgezogen, was bedeutet, daß du deine Hilfsassistentenarbeit ganz umsonst tust – effektiver Rest: zweihundertundachtunddreißig. Sobald wir heiraten, wird die Hälfte von dem, was ich über dreihundert verdiene – also genau zwei Mark fünfzehn – abgezogen, so daß dein effektives Einkommen als verheirateter Honnefer sich auf zweihundertfünfunddreißig Mark fünfundachtzig Pfennig belaufen wird.«

»Ich gratuliere«, sagte er, »du hast dich also wirklich drangegeben.«

»Ja«, sagte sie, »vor allem habe ich immerhin ausgerechnet, daß du dich vollkommen umsonst bei diesem Schmeck-Schwein abrackerst...«

Er nahm die Hände von ihren Beinen. »Schmeck-Schwein, wie kommst du darauf?«

Sie blickte ihn an, warf ihre Beine herum, setzte sich aufs Bett, er schob ihr seine Pantoffeln hin. »Was ist los mit Schmeck? Was Neues? Sag's mir doch – laß meine Füße jetzt –, sag doch, was los ist.«

»Kannst du einen Augenblick warten?« sagte er, hob seine Mappe und das Paket vom Boden auf, nahm die beiden restlichen Zigaretten aus der Brusttasche, zündete beide an, gab eine davon Marie, warf Mappe und Paket neben Marie aufs Bett, ging zum Bücherregal und suchte sein Tagebuch, eine dicke Schulkladde, die zwischen Kierkegaard und Kotzebue stand, heraus, setzte sich zu Maries Füßen vors Bett. »Paß auf«, sagte er. »Hier. 13. Dezember. Beim Spaziergang mit Marie, als wir durch den Park gingen, kam mir plötzlich die Idee zu einer ›Soziologie des Lodenmantels‹.«

»Ja«, sagte Marie, »du hast mir sofort davon erzählt, und du erinnerst dich meiner Einwände.«

»Natürlich.« Er blätterte weiter. »Hier. 2. Januar. Angefangen mit den ersten Studien. Skizzen, Gedanken – auch Material gesichtet. Ging zu Loden-Meier und versuchte vergebens, Einblick in die Kundenkartei zu bekommen... Dann weiter, Januar, Februar, jeden Tag Eintragungen über den Fortgang der Arbeit.«

»Ja, natürlich«, sagte Marie, »und Ende Februar hast du mir die ersten dreißig Seiten diktiert.«

»Ja, und hier, das suche ich: 1. März. Besuch bei Schmeck, dem ich die ersten Seiten meines Entwurfs zeigte, stellenweise vorlas. Schmeck bat mich, ihm das Manuskript zur Durchsicht dort zu lassen...«

»Ja, am Tag drauf bist du nach Hause gefahren.«

»Dann nach England. Gestern zurückgekommen – und heute war Schmecks erste Vorlesung, und die Zuhörerschaft war so interessiert, so hingegeben, so berauscht wie noch nie, weil das Thema so neu, so spannend war – jedenfalls für die Zuhörer. Ich geb' dir nur zu raten, worüber Schmeck gelesen hat. Rat doch mal, meine liebe Baronin.«

»Wenn du mich noch einmal Baronin nennst, nenn' ich dich – nein«, sie lächelte, »hab keine Angst, ich nenn' dich nicht so, auch wenn du mich Baronin nennst. Würd' es dir weh tun, wenn ich dich so nenne?«

»Wenn *du* mich so nennst, nicht«, sagte er leise, »du kannst mich nennen, wie du willst – aber du glaubst nicht, wie schön das ist, wenn sie hinter dir her rufen, hinter dir her flüstern, wenn sie's hinter deinem Namen ans Schwarze Brett schreiben: Rudolf Arbeiterkind. Ich bin eben eine Rarität, ich bin das große Wunder, ich bin einer von denen, von denen es nur fünf auf Hundert gibt, nur fünfzig auf Tausend, und – je höher du die Beziehungsgröße hinaufschraubst, desto phantastischer wird die Relation – ich bin einer von denen, von denen es nur fünftausend auf Hunderttausend gibt: tatsächlich der Sohn eines Arbeiters, der an einer westdeutschen Universität studiert.«

»An den ostdeutschen Universitäten wird es wohl umgekehrt sein; da sind von hundert fünfundneunzig Arbeiterkinder.«

»Da wäre ich eine lächerlich alltägliche Erscheinung; hier bin ich das berühmte Beispiel bei Diskussionen, bei Beweisen und Gegenbeweisen, ein wirkliches, richtiges, unverfälschtes Arbeiterkind – und sogar begabt, begabt; aber du hast immer noch nicht zu raten versucht, welchen Gegenstand Schmeck heute zelebriert hat.«

»Das Fernsehen vielleicht.«

Müller lachte. »Nein, die großen Snobs sind jetzt *fürs* Fernsehen.«

»Doch nicht« – Marie drückte ihre Zigarette in dem Aschenbecher aus, den Müller in der Hand hielt –, »doch nicht die Soziologie des Lodenmantels?«

»Worüber sonst«, sagte Rudolf leise, »worüber sonst?«

»Nein«, sagte Marie, »das kann er doch nicht tun.«

»Er hat's aber getan, und ich habe Sätze in seiner Vorlesung wiedererkannt, von denen ich mich noch erinnere, wieviel Spaß es mir gemacht hat, sie zu formulieren...«

»Zuviel Spaß hat's dir gemacht...«

»Ja, ich weiß – ganze Abschnitte hat er zitiert.«

Er erhob sich vom Boden und fing an, im Zimmer auf und ab zu gehen. »Du weißt doch, wie das ist, wenn man herauszukriegen versucht, ob man sich selbst zitiert oder einen anderen – wenn man etwas hört, das man schon einmal gehört, schon einmal gesagt zu haben glaubt, und man versucht dann herauszufinden, ob man es selbst vorher gesagt oder nur gedacht hat, ob man's wiedererkennt oder gelesen hat – und es macht dich ganz verrückt, weil deine Erinnerung nicht funktioniert.«

»Ja«, sagte Marie, »früher grübelte ich immer darüber nach, ob ich Wasser getrunken hatte oder nicht – vor der heiligen Kommunion. Du glaubst, du hättest Wasser getrunken, weil du schon so oft im Leben, schon tausendmal Wasser getrunken hast, auf den nüchternen Magen – und hast doch nicht Wasser getrunken...«

»Und kommst nicht zu einem überzeugenden Ergebnis – da ist eben ein Tagebuch sehr wichtig.«

»Das Grübeln über diese Frage hättest du dir ersparen können: Ganz klar, daß Schmeck dich beklaut hat.«

»Und mich um meine Dissertation gebracht hat.«

»Mein Gott«, sagte Marie – sie stand vom Bett auf, legte Rudolf die Hand auf die Schulter, küßte ihn auf den Hals –, »mein Gott, du hast recht – das ist ja wahr –, den Lebensnerv hat er dir abgeschnitten – kannst du ihn nicht verklagen?«

Müller lachte. »Alle Universitäten auf der ganzen Erde, von Massachusetts über Göttingen bis Lima, von Oxford bis Nagasaki werden ein geschlossenes, irres Gelächter anstimmen, wenn da ein gewisser Müller, Rudolf, Arbeiterkind, auftreten und behaupten wird, Schmeck habe ihn beklaut. Sogar die Warraus werden in das höhnische Gelächter einstimmen, denn selbst die wissen, daß der weise weiße Mann Schmeck alles weiß, was zwischen Menschen geschieht – wenn aber, was die Folge meiner Klage sein würde, Schmeck aufträte und sagte, ein gewisser Müller habe ihn beklaut, werden sie alle nicken, sogar die Botokuden.«

»Man müßte ihn umbringen«, sagte Marie.

»Endlich fängst du an, unbürgerlich zu denken.«

»Ich versteh' nicht, daß du noch lachen kannst«, sagte Marie.

»Daß ich noch lachen kann, hat einen sehr guten Grund«, sagte Müller. Er ging zum Bett, nahm das Postpaket dort weg, brachte es zum Tisch und fing an, es aufzuschnüren. Er löste geduldig die vielfache Verknotung des Bindfadens, so langsam, daß Marie die Schublade aufriß, ein Messer herausnahm, es ihm wortlos hinhielt.

»Umbringen, ja«, sagte Müller, »das wäre eine Idee – aber nicht um alles in der Welt würde ich den Bindfaden durchschneiden: Das wäre ein Schnitt genau ins Herz meiner Mutter, die nun einmal Bindfaden sorgfältig abwickelt, aufrollt, noch einmal verwendet – sie wird mich bei ihrem nächsten Besuch nach dem Bindfaden fragen, und wenn ich ihn nicht vorweisen kann, wird sie den baldigen Untergang der Welt prophezeien.«

Marie klappte das Messer wieder zu, legte es in die Schublade zurück, lehnte sich gegen Müller, während der das Papier von seinem Paket abwickelte und sorgfältig zusammenfaltete. »Du hast mir noch gar nicht gesagt, warum du noch lachen kannst«, sagte sie, »das ist doch die perfideste, ekelhafteste, dreckigste Gemeinheit, die Schmeck an dir begehen konnte – wo er dich doch zum ersten Assistenten machen wollte und dir eine glänzende Zukunft prophezeit hat.«

»Nun«, sagte Müller, »willst du den Grund wirklich wissen?«

Sie nickte. »Sag's«, sagte sie.

Er ließ vom Paket ab, küßte sie. »Verflucht«, murmelte er, »wenn du nicht wärst, hätte ich etwas Verzweifeltes getan.«

»Tu's auch so«, sagte sie leise.

»Was?«

»Tu was Verzweifeltes mit ihm«, sagte Marie, »ich werde dir helfen.«

»Was soll ich denn tun, ihn wirklich umbringen?«

»Tu was Körperliches mit ihm, nichts Geistiges – bring ihn halb um.«

»Wie?«

»Vielleicht Prügel – aber jetzt wollen wir erst essen. Ich hab' Hunger und muß in fünfunddreißig Minuten wieder losradeln.«

»Ich bin gar nicht so sicher, daß du losradeln wirst.«

Er faltete sorgfältig eine zweite Schicht Packpapier ab, löste eine schwächere Schnur, die um das Innerste des Pakets, einen Schuhkarton, gebunden war, nahm den Zettel weg, der zwischen Schnur und Kartondeckel geklemmt gewesen (»In jedes Paket obenauf Doppel der Anschrift legen«), und endlich, während Marie seufzte, nahm er den Deckel vom Schuhkarton: Blutwurst, Speck, Kuchen,

Zigaretten und eine Packung Glutamin. Marie nahm den Zettel vom Tisch und las leise vor: »Lieber Junge, es freut mich sehr, daß Du so billig die weite Reise nach England mitmachen konntest. Sie tun doch heutzutage allerlei an den Universitäten. Erzähl uns von London, wenn Du zu Besuch kommst. Vergiß nicht, wie stolz wir auf Dich sind. Nun bist Du also wirklich an der Doktorarbeit – ich kann's gar nicht glauben. Deine Dich liebende Mutter.«

»Sie sind wirklich stolz auf mich«, sagte Müller.

»Und haben allen Grund dazu«, sagte Marie. Sie räumte den Inhalt des Pakets in einen kleinen Schrank unterhalb der Bücherborde, nahm eine angebrochene Packung Tee heraus. »Ich geh' rasch runter und mach' uns Tee.«

9

»Komisch«, sagte Marie, »als ich heute mittag das Rad unten gegen das Gestänge legte, wußte ich schon, daß ich nach der Mittagspause nicht in die Kunststoffhölle zurückradeln würde; es gibt solche Vorgefühle – eines Tages, als ich aus der Schule kam, warf ich das Fahrrad zu Haus wie jeden Mittag gegen die Hecke; es versank immer halb darin, kippte, die Lenkstange hakte sich an irgendeinem dickeren Ast fest, und das Vorderrad schwebte in der Luft – und ich wußte, als ich das Rad da hineinwarf, daß ich am anderen Tag nicht mehr in die Schule gehen würde, daß ich nie mehr in eine Schule gehen würde. Ich war's nicht einfach satt – es war viel mehr, ich wußte eben, daß es einfach ungehörig sein würde, auch noch einen Tag länger zu gehen. Vater konnte nicht drüberkommen, weil es genau vier Wochen vor dem Abitur war, aber ich sagte zu ihm: ›Hast du schon mal was von der Sünde der Völlerei gehört?‹ – ›Ja‹, sagte er, ›aber du hast doch mit der Schule nicht Völlerei getrieben.‹ – ›Nein‹, sagte ich, ›es ist ja nur ein Beispiel – aber wenn du einen Schluck Kaffee mehr trinkst oder ein Stück Kuchen mehr ißt, als du bis zu einem gewissen Punkt essen oder trinken solltest, ist das nicht Völlerei?‹ – ›Ja‹, sagte er, ›und ich kann mir auch was unter geistiger Völlerei vorstellen, nur‹ – aber da unterbrach ich ihn und sagte: ›Es geht einfach nicht mehr in mich rein, ich fühl' mich jetzt schon wie 'ne gestopfte Gans.‹ – ›Schade‹, sagte Vater, ›daß dir das vier Wochen vor dem Abitur passieren muß. Es ist so praktisch, das zu haben.‹ – ›Wofür denn?‹ fragte ich, ›vielleicht für die Universität?‹ – ›Ja‹, sagte er, und ich sagte: ›Nein, wenn ich schon in 'ne Fabrik gehe, dann in 'ne richtige‹ – und das hab' ich getan. Tut dir das weh, wenn ich so was erzähle?«

»Ja«, sagte Müller, »das tut sehr weh, wenn einer etwas wegschmeißt, das zu besitzen für unzählige Menschen der Gegenstand ihrer Träume und Sehnsüchte ist. Man kann auch über Kleider lachen, sie verachten, wenn man sie im Schrank hängen hat oder jederzeit die Möglichkeit, sie sich zu besorgen – man kann über alles lachen, was einem von Natur selbstverständlich ist.«

»Aber ich hab' ja gar nicht drüber gelacht und hab's gar nicht verachtet, und ich bin wirklich lieber in eine richtige Fabrik gegangen als auf die Universität.«

»Ich glaub' dir's ja«, sagte er, »dir ja, dir glaub' ich sogar, daß du katholisch bist.«

»Übrigens habe ich gestern ein Paket von zu Hause bekommen«, sagte Marie, »rat mal, was drin war.«

»Blutwurst, Speck, Kuchen, Zigaretten«, sagte Müller, »und kein Glutamin – und natürlich hast du die Schnur mit der Schere zerschnitten, das Papier zusammengeknüllt und...«

»Genau«, sagte Marie, »genau, nur hast du etwas vergessen...«

»Nein«, sagte Müller, »ich habe nichts vergessen, du hast mich nur unterbrochen – dann hast du sofort in die Blutwurst reingebissen, in den Kuchen, und dir sofort eine Zigarette angesteckt.«

»Los, auf jetzt, gehen wir ins Kino, und dann bringen wir Schmeck halb um, heute noch.«

»Heute noch?« sagte Müller.

»Natürlich heute noch«, sagte Marie, »alles, was man für richtig findet, soll man sofort tun – und die Frau soll an der Seite ihres Mannes streiten.«

10

Es war schon dunkel, als sie aus dem Kino kamen, und sie fanden den Wächter an der Fahrradwache in tiefer Verbitterung; er bewachte als letztes Maries schmutziges, rappeliges Fahrrad; ein alter Mann, der mit fast auf dem Boden schleppendem Mantel, sich die Hände warmreibend, auf und ab ging, Flüche vor sich hinmurmelnd.

»Gib ihm ein Trinkgeld«, sagte Marie leise. Sie blieb ängstlich an der Kette stehen, die die Radwache vom Opernplatz abtrennte.

»Meine Prinzipien verbieten es mir, Trinkgeld zu geben, außer da, wo sie zum Lohn gehören. Es ist gegen die Würde des Menschen.«

»Vielleicht hast du eine falsche Vorstellung von der Würde des Menschen: mein Urahn, der erste Schlimm, bekam vor siebenhundert Jahren eine ganze Baronie als Trinkgeld.«

»Und vielleicht hast du deshalb so wenig Gefühl für Menschenwürde. Mein Gott«, sagte er leiser, »was gibt man denn in einem solchen Fall?«

»Ich denke, zwanzig oder dreißig Pfennig oder entsprechend viel Zigaretten. Los, bitte, geh du voran, hilf deiner Gehilfin. Es ist mir schrecklich peinlich.«

Müller näherte sich zögernd dem Wächter, hielt das winzige Zettelchen wie einen Ausweis, dem er nicht recht zu trauen schien, vor sich hin, riß, als sich das wütende Gesicht des alten Mannes ihm zuwandte, die Zigarettenschachtel aus der Tasche, sagte: »Tut mir leid, wir haben uns etwas verspätet« – der alte Mann nahm die ganze Schachtel, steckte sie in seine Manteltasche, wies mit stummer Verachtung auf das Fahrrad und ging an Marie vorbei auf die Straßenbahnhaltestelle zu.

»Wenn man leichte Männer liebt«, sagte Marie, »hat man den Vorteil, sie auf dem Gepäckständer mitnehmen zu können.« Sie fuhr zwischen wartenden Autos hindurch bis vorne an die rote Ampel. »Paß auf, Müller«, sagte sie, »daß du nicht mit den Füßen ihren Autolack abkratzt, darin sind sie empfindlich, das ist schlimmer für sie, als wenn ihre Frau einen Kratzer hat.« Und als der Fahrer des neben ihr wartenden Autos die Scheibe heruntergedreht, sagte sie laut: »Ich würde ja an deiner Stelle eine Soziologie der Automarken schreiben. Das Autofahren ist die Schule des Übervorteilens – und die schlimmsten Erscheinungen sind die sogenannten Ritter am Steuer: Diese krampfhafte demokratische Freundlichkeit ist wirklich zum Erbrechen; es ist die perfekte Heuchelei, weil man sozusagen für das Selbstverständliche einen Orden verlangt.«

»Ja«, sagte Müller, »und das Schlimmste an ihnen ist, daß sie alle glauben, *sie* sähen anders aus als die anderen, dabei...«

Der Autofahrer drehte rasch seine Scheibe wieder hoch.

»Gelb, Marie«, sagte er.

Marie fuhr los, quer vor den Autos her auf die rechte Straßenseite, während Müller brav den rechten Arm ausstreckte.

»Ich habe eine gute Gehilfin erwischt«, sagte er, als sie in die dunkle Nebengasse einbogen.

»Gehilfin«, sagte Marie, sich halb zurückwendend, »ist eine schwache Übersetzung von Adjutorium – da steckt noch mehr drin: Beistand, und auch ein bißchen Freude. Wo wohnt er denn?«

»Mommsenstraße«, sagte Müller, »Nummer 37.«

»Da hat er Gott sei Dank einen Straßennamen erwischt, an dem er sich ärgert, sooft er ihn liest, ausspricht, hinschreibt – und ich hoffe, daß er jedes dreimal täglich muß. Er haßt doch sicher Mommsen.«

»Er haßt ihn wie die Pest.«

»Geschieht ihm recht, daß er in der Mommsenstraße wohnt. Wie spät ist es denn?«

»Halb acht.«

»Noch eine Viertelstunde Zeit.«

Sie fuhr in eine noch dunklere Nebenstraße hinein, die auf den Park auslief, sie hielt, Müller sprang ab und half ihr, das Fahrrad durch die Absperrung zu bugsieren. Sie gingen einige Meter in den dunklen Weg hinein, blieben an einem Busch stehen und Marie warf das Fahrrad gegen einen Strauch, es versank halb darin, fing sich an einem Zweig. »Das ist fast wie zu Hause«, sagte Marie, »für Fahrräder gibt es nichts Besseres als Gebüsch.«

Müller umarmte sie, küßte sie auf den Hals, und Marie flüsterte: »Bin ich nicht doch ein bißchen zu mager für eine Frau?«

»Sei still, Gehilfin«, sagte er.

»Du hast fürchterliche Angst«, sagte sie, »ich habe gar nicht gewußt, daß man tatsächlich jemandes Herzschlag spüren kann – sag, hast du Angst?«

»Natürlich«, sagte er, »es ist mein erster Überfall – und es kommt mir ganz unglaublich vor, daß wir wirklich hier stehen, um Schmeck in eine Falle zu locken, ihn zu verprügeln. Ich kann gar nicht glauben, daß es wahr ist.«

»Du glaubst eben an geistige Waffen, an Fortschritt und so, und für solche Irrtümer muß man zahlen; wenn es überhaupt je geistige Waffen gegeben hat – heute kannst du sie nicht mehr verwenden.«

»Versteh mich doch«, flüsterte er, »der Bewußtseinsvorgang: Hier steh' ich also...«

»Ihr müßt ja schizophren werden, ihr armen Kerle. Ich wünschte doch, ich wäre nicht so mager. Ich hab' gelesen, magere Frauen wären nicht gut für Schizoide.«

»Dein Haar riecht wirklich nach diesem dreckigen Kunststoff, und deine Hände sind wirklich ganz rauh.«

»Ja«, sagte sie leise, »ich bin eben ein Mädchen wie aus einem modernen Roman. Überschrift: Baronin dreht ihrer Klasse den Rücken, entschließt sich, wahr und wirklich zu leben. Wie spät ist es denn inzwischen?«

»Fast dreiviertel.«

»Dann muß er bald kommen. Ich finde es so schön, daß wir ihn in seiner eigenen Eitelkeit fangen. Du hättest seine Stimme hören müssen, wie er dem Rundfunkreporter sagte: ›Regelmäßigkeit, Rhythmus, das ist mein Prinzip. Gegen sieben Uhr fünfzehn ein leichtes Mahl, eigentlich nur ein Imbiß – dazu starken Tee –, und um dreiviertel acht der allabendliche Spaziergang im Stadtwald‹ – du weißt also, wie es sich abspielen soll?«

»Ja«, sagte Müller, »sobald er da um die Ecke biegt, legst du dein Fahrrad quer über den Weg, und wenn ich dann Tss Tss mache, läufst du hin und legst dich daneben – er wird auf dich zulaufen.«

»Und du kommst aus dem Hinterhalt, prügelst ihn kräftig durch, so fest, daß er einige Zeit braucht, um zu sich zu kommen, und wir türmen...«

»Das klingt nicht sehr fair.«

»Fair«, sagte sie, »das sind so Vorstellungen.«

»Und wenn er um Hilfe schreit? Wenn es ihm gelingt, mich zu überwältigen? Er wiegt rund einen Zentner mehr als ich! Und, wie gesagt, das Wörtchen Hinterhalt gefällt mir nicht.«

»Natürlich, ihr habt so eure Vorstellungen. Fairer Wahlkampf und so – und dann unterliegt ihr natürlich immer. Vergiß nicht, daß ich komme und dir helfe, daß ich tüchtig drauflosschlagen werde – und notfalls lassen wir das Fahrrad im Stich.«

»Als corpus delicti? Ich glaube, es ist das einzige Fahrrad in der Stadt, dessen Physiognomie unverkennbar ist.«

»Dein Herz schlägt immer heftiger, immer schneller, du mußt tatsächlich eine Heidenangst haben.«

»Hast du denn keine?«

»Natürlich«, sagte sie, »aber ich weiß, daß wir im Recht sind und daß dies die einzige Möglichkeit ist, eine

Art Urteil zu vollstrecken, wo doch die ganze Welt, bis zu den Botokuden, auf seiner Seite ist.«

»Verdammt«, sagte Müller leise, »da kommt er wirklich.«

Marie sprang auf den Weg, riß ihr Fahrrad aus dem Strauch, legte es mitten auf den feuchten Weg. Müller beobachtete Schmeck, der ohne Hut, mit offenem, wehendem Mantel die kleine Straße herunterkam. »Gott«, flüsterte er Marie zu, »wir haben den Hund vergessen, sieh dir dieses Vieh an, ein Schäferhund, fast so groß wie ein Kalb.« Marie stand wieder neben ihm, blickte über seine Schulter auf Schmeck, der heiser »Solveig, Solveig« rief, den Hund, der freudig an ihm hochsprang, abwehrte, einen Stein von der Straße aufhob und diesen auf das Gebüsch zuwarf, wo er kaum zehn Meter von Müller entfernt liegenblieb.

»Verdammt«, sagte Marie, »es mit diesem Köter aufzunehmen, hat gar keinen Zweck; der ist scharf und auf den Mann dressiert – das merk' ich ihm an. Wir werden Komplexe kriegen, weil wir's nun doch nicht getan haben – aber es hat gar keinen Zweck.« Sie ging auf den Weg, hob ihr Fahrrad auf, stieß Müller an und sagte leise: »Nun komm doch, wir müssen weg, was hast du denn noch?«

»Nichts«, sagte Müller; er nahm Maries Arm, »ich wußte nur nicht mehr, wie sehr ich ihn hasse.«

Schmeck stand unter der Laterne und streichelte den Hund, der ihm den Stein vor die Füße gelegt hatte; er blickte auf, als das Paar in den Lichtbereich der Lampe trat, blickte noch einmal auf den Hund, dann plötzlich hoch und kam mit ausgestreckten Händen auf Müller zu. »Müller«, sagte er herzlich, »lieber Müller, daß ich Sie hier treffe« – aber Müller gelang es, Schmeck an- und doch durch ihn hindurchzublicken; Schmecks Augen nicht zu treffen; wenn ich sie treffe, dachte er, bin ich verloren, ich muß einfach so tun, als wenn er nicht da wäre; er ist da, und ich lösche ihn mit meinen Augen aus – ein Schritt, zwei, drei –, er spürte Maries Hand fest auf seinem Arm und atmete schwer wie nach einer ungeheuren Anstrengung.

»Müller«, rief Schmeck, »Sie *sind* es doch – verstehen Sie denn keinen Spaß?«

Der Rest war leicht: einfach weitergehen, rasch und doch nicht zu rasch... Sie hörten, wie Schmeck noch einmal Müller rief, laut, dann leiser: Müller, Müller, Müller – dann waren sie endlich um die Ecke herum.

Marie seufzte so schwer, daß er erschrak; als er sich ihr zuwandte, sah er, daß sie weinte. Er nahm ihr das Fahrrad aus der Hand, lehnte es gegen einen Gartenzaun, wischte mit dem Zeigefinger ihre Tränen beiseite, legte ihr die freie Hand auf die Schulter. »Marie«, sagte er leise, »was ist denn?«

»Ich habe Angst vor dir«, sagte sie, »das war kein Überfall, sondern Mord. Ich habe Angst, daß er Müller, Müller, Müller flüsternd für alle Ewigkeit in diesem kümmerlichen Stadtwald umherirrt – es ist wie ein sehr schlimmer Traum: Schmecks Geist mit dem Hund, im feuchten Gebüsch, der Bart wächst ihm, wird so lang, daß er ihn wie einen zerfransten Gürtel hinter sich herschleppt – und immer flüstert er: Müller, Müller, Müller –. Soll ich nicht mal nach ihm schauen?«

»Nein«, sagte Müller, »nein, schau nicht nach ihm, dem geht es ganz gut. Wenn du Mitleid mit ihm hast, schenk ihm zum Geburtstag einen Lodenmantel. Du kannst gar nicht ermessen, was er mir angetan hat; er hat aus mir das Wunderarbeiterkind gemacht, er hat mich gefördert, so nennt man es, und wahrscheinlich erwartet er die Lodenmäntel als selbstverständlichen Tribut – aber ich entrichte ihm diesen Tribut nicht, nicht freiwillig. Der wird morgen früh, so zwischen Tür und Angel, zu Wegelot, seinem ersten Assistenten, sagen: ›Übrigens ist Müller nun doch ins reaktionäre Lager zu Livorno übergewechselt, er rief mich gestern an, sagte, er wolle aus dem Seminar austreten‹ – und er wird die Tür noch einmal zumachen, auf Wegelot zugehen und sagen: ›Schade um Müller, sehr begabt, nur war sein Entwurf zu der Dissertationsarbeit einfach miserabel, unbrauchbar. Es ist halt schwer für diese Leute, die nicht nur gegen die Umwelt, auch noch gegen ihr eigenes Milieu ankämpfen. Schade‹ – dann noch einmal auf die Lippen gebissen und weg.«

»Bist du ganz sicher, daß es so kommen wird?«

»Ganz sicher«, sagte Müller, »komm, wir gehen nach Hause. Keine Träne um Schmeck, Marie.«

»Es waren keine Tränen um Schmeck«, sagte Marie.

»Um mich etwa?«

»Ja – du bist so schrecklich tapfer.«

»Das klingt nun wirklich wie in einem sehr modernen Roman. Gehn wir nach Hause?«

»Fändest du es schrecklich, wenn ich wenigstens eine (in Worten: eine) warme Mahlzeit haben möchte?«

»Schön«, Müller lachte, »fahr mich ins nächste Restaurant.«

»Wir gehen besser zu Fuß. Um diese Zeit sind viele Polizisten unterwegs: Stadtwald, wenig Laternen, Frühlingsluft – Vergewaltigungsversuche – und ein Protokoll kostet uns soviel wie zwei Gulaschsuppen.«

Müller führte das Rad. Sie gingen langsam die Straße hinunter, am Stadtwald entlang; als sie aus dem Licht der nächsten Laterne traten, sahen sie einen Polizisten, der tief im Schatten hinter der Absperrung an einem Baum lehnte.

»Siehst du«, sagte Marie so laut, daß der Polizist es hören konnte, »schon haben wir zwei Mark fürs Protokoll gespart, aber sobald wir außer Sicht sind, kannst du aufsteigen.«

Als sie um die nächste Ecke bogen, stieg Marie aufs Rad, lehnte sich dabei gegen den Bordstein, ließ Müller aufsteigen. Sie fuhr rasch los, beugte sich halb zurück und rief ihm zu: »Was willst du denn jetzt machen?«

»Wie?«

»Was du machen willst.«

»Jetzt oder überhaupt?«

»Jetzt *und* überhaupt.«

»Jetzt geh' ich mit dir essen, und überhaupt werde ich morgen zu Livorno gehen, mich bei ihm einschreiben, anmelden und ihm einen Vorschlag für eine Dissertationsarbeit machen.«

»Worüber?«

»Kritische Würdigung des Gesamtwerkes von Schmeck.«

Marie fuhr an den Bordstein, stoppte, wandte sich auf dem Sattel um: »Worüber?«

»Ich sagte es doch: Kritische Würdigung des Gesamtwerkes von Schmeck. Ich kenn's ja fast auswendig – und Haß ist eine gute Tinte.«

»Liebe nicht?«

»Nein«, sagte Müller, »Liebe ist die schlechteste Tinte, die es gibt. Fahr los, Gehilfin.«

Anekdote zur Senkung der Arbeitsmoral

In einem Hafen an der westlichen Küste Europas liegt ein ärmlich gekleideter Mann in seinem Fischerboot und döst. Ein schick angezogener Tourist legt eben einen neuen Farbfilm in seinen Fotoapparat, um das idyllische Bild zu fotografieren: blauer Himmel, grüne See mit friedlichen, schneeweißen Wellenkämmen, schwarzes Boot, rote Fischermütze. Klick. Noch einmal: klick, und da aller guten Dinge drei sind und sicher sicher ist, ein drittes Mal: klick. Das spröde, fast feindselige Geräusch weckt den dösenden Fischer, der sich schläfrig aufrichtet, schläfrig nach seiner Zigarettenschachtel angelt, aber bevor er das Gesuchte gefunden, hat ihm der eifrige Tourist schon eine Schachtel vor die Nase gehalten, ihm die Zigarette nicht gerade in den Mund gesteckt, aber in die Hand gelegt, und ein viertes Klick, das des Feuerzeuges, schließt die eilfertige Höflichkeit ab. Durch jenes kaum meßbare, nie nachweisbare Zuviel an flinker Höflichkeit ist eine gereizte Verlegenheit entstanden, die der Tourist – der Landessprache mächtig – durch ein Gespräch zu überbrücken versucht.

»Sie werden heute einen guten Fang machen.«
Kopfschütteln des Fischers.
»Aber man hat mir gesagt, daß das Wetter günstig ist.«
Kopfnicken des Fischers.
»Sie werden also nicht ausfahren?«
Kopfschütteln des Fischers, steigende Nervosität des Touristen.

Gewiß liegt ihm das Wohl des ärmlich gekleideten Menschen am Herzen, nagt an ihm die Trauer über die verpaßte Gelegenheit.

»Oh, Sie fühlen sich nicht wohl?«
Endlich geht der Fischer von der Zeichensprache zum wahrhaft gesprochenen Wort über. »Ich fühle mich groß-

artig«, sagt er. »Ich habe mich nie besser gefühlt.« Er steht auf, reckt sich, als wollte er demonstrieren, wie athletisch er gebaut ist. »Ich fühle mich phantastisch.«

Der Gesichtsausdruck des Touristen wird immer unglücklicher, er kann die Frage nicht mehr unterdrücken, die ihm sozusagen das Herz zu sprengen droht: »Aber warum fahren Sie dann nicht aus?«

Die Antwort kommt prompt und knapp. »Weil ich heute morgen schon ausgefahren bin.«

»War der Fang gut?«

»Er war so gut, daß ich nicht noch einmal auszufahren brauche, ich habe vier Hummer in meinen Körben gehabt, fast zwei Dutzend Makrelen gefangen...«

Der Fischer, endlich erwacht, taut jetzt auf und klopft dem Touristen beruhigend auf die Schultern. Dessen besorgter Gesichtsausdruck erscheint ihm als ein Ausdruck zwar unangebrachter, doch rührender Kümmernis.

»Ich habe sogar für morgen und übermorgen genug«, sagt er, um des Fremden Seele zu erleichtern. »Rauchen Sie eine von meinen?«

»Ja, danke.«

Zigaretten werden in Münder gesteckt, ein fünftes Klick, der Fremde setzt sich kopfschüttelnd auf den Bootsrand, legt die Kamera aus der Hand, denn er braucht jetzt beide Hände, um seiner Rede Nachdruck zu verleihen.

»Ich will mich ja nicht in Ihre persönlichen Angelegenheiten mischen«, sagt er, »aber stellen Sie sich mal vor, Sie führen heute ein zweites, ein drittes, vielleicht ein viertes Mal aus und Sie würden drei, vier, fünf, vielleicht gar zehn Dutzend Makrelen fangen... stellen Sie sich das mal vor.«

Der Fischer nickt.

»Sie würden«, fährt der Tourist fort, »nicht nur heute, sondern morgen, übermorgen, ja, an jedem günstigen Tag zwei-, dreimal, vielleicht viermal ausfahren – wissen Sie, was geschehen würde?«

Der Fischer schüttelt den Kopf.

»Sie würden sich in spätestens einem Jahr einen Motor kaufen können, in zwei Jahren ein zweites Boot, in drei oder vier Jahren könnten Sie vielleicht einen kleinen Kutter haben, mit zwei Booten oder dem Kutter würden Sie natürlich viel mehr fangen – eines Tages würden Sie zwei Kutter haben, Sie würden...«, die Begeisterung verschlägt ihm für ein paar Augenblicke die Stimme, »Sie würden ein kleines Kühlhaus bauen, vielleicht eine Räucherei, später eine Marinadenfabrik, mit einem eigenen Hubschrauber rundfliegen, die Fischschwärme ausmachen und Ihren Kuttern per Funk Anweisung geben. Sie könnten die Lachsrechte erwerben, ein Fischrestaurant eröffnen, den Hummer ohne Zwischenhändler direkt nach Paris exportieren – und dann...«, wieder verschlägt die Begeisterung dem Fremden die Sprache. Kopfschüttelnd, im tiefsten Herzen betrübt, seiner Urlaubsfreude schon fast verlustig, blickt er auf die friedlich hereinrollende Flut, in der die ungefangenen Fische munter springen. »Und dann«, sagt er, aber wieder verschlägt ihm die Erregung die Sprache.

Der Fischer klopft ihm auf den Rücken, wie einem Kind, das sich verschluckt hat. »Was dann?« fragt er leise.

»Dann«, sagt der Fremde mit stiller Begeisterung, »dann könnten Sie beruhigt hier im Hafen sitzen, in der Sonne dösen – und auf das herrliche Meer blicken.«

»Aber das tu' ich ja schon jetzt«, sagt der Fischer, »ich sitze beruhigt am Hafen und döse, nur Ihr Klicken hat mich dabei gestört.«

Tatsächlich zog der solcherlei belehrte Tourist nachdenklich von dannen, denn früher hatte er auch einmal geglaubt, er arbeite, um eines Tages einmal nicht mehr arbeiten zu müssen, und es blieb keine Spur von Mitleid mit dem ärmlich gekleideten Fischer in ihm zurück, nur ein wenig Neid.

Entfernung von der Truppe

I

Bevor ich zum eigentlichen Thema dieses Erzählwerks (Werk hier im Sinn von Uhrwerk zu verstehen) komme, zur Familie Bechtold, in die ich am 22. Spetember 1938 nachmittags gegen fünf Uhr im Alter von einundzwanzig Jahren eintrat, möchte ich zu meiner Person einige Erklärungen abgeben, von denen ich zuversichtlich hoffe, daß sie mißverstanden werden und Mißtrauen erwecken. So vieles spricht dafür, daß es jetzt endlich an der Zeit sei, wenigstens einige der Geheimnisse zu lüften, denen ich aufrechte Haltung, gesunde Seele in einem gesunden Leib, dessen Gesundheit umstritten ist, Disziplin und Standhaftigkeit verdanke, die meine Freunde mir vorwerfen, meine Feinde mir ankreiden, die dem unbefangenen unparteiischen Zeitgenossen zur Stärkung dienen mögen in einer Zeit, die unser aller Ausharren erfordert bei, in, für: Hier mag jeder Leser wie auf einem vorgedruckten Wunschzettel einsetzen, was ihm im Augenblick als das Notwendigste erscheint: Abwehr-, Angriffs-, Einsatzbereitschaft bei, für oder in einem FC, CV, KWG, der NATO, SEATO, dem Warschauer Pakt, Ost *und* West, Ost *oder* West; es darf sogar jeder Leser auf den häretischen Gedanken kommen, die Windrose weise ja auch Himmelsrichtungen wie Nord und Süd auf; es können hier aber auch sogenannte Abstrakta eingesetzt werden: Glaube, Unglaube, Hoffnung, Verzweiflung, und sollte es jemand, der sich ganz und gar jeder führenden Hand beraubt sieht, an Konkreta wie Abstrakta mangeln, so empfehle ich ein möglichst vielbändiges Lexikon, wo er sich irgend etwas zwischen Aachen und Zabbaione aussuchen mag...

Wenn ich weder die milde Kirche der Gläubigen noch die gestrenge Kirche der Ungläubigen erwähnt habe, so geschieht das nicht aus Vorsicht, es geschieht aus nackter Angst, ich könnte wieder dienstverpflichtet werden: Das Wort Dienst (»Ich habe Dienst.« »Ich muß zum Dienst.« »Ich bin im Dienst.«) hat mir immer Angst eingeflößt.

Zeit meines Lebens, nachdrücklich erst seit jenem 22. September 1938, an dem ich eine Art Wiedergeburt erlebte, ist es mein Ziel gewesen, dienstuntauglich zu werden. Ich habe dieses Ziel nie ganz erreicht, war einige Male nahe daran. Jederzeit war ich bereit, nicht nur Pillen zu schlucken, Injektionen zu erdulden, den Verrückten zu spielen (was am kläglichsten mißlang), ich ließ mir sogar von Menschen, die ich nicht für meine Feinde hielt, die aber Grund hatten, mich für ihren Feind zu halten, in den rechten Fuß schießen, die linke Hand mit einem Holzsplitter durchbohren (nicht unmittelbar, sondern vermittels eines solide gebauten deutschen Eisenbahnwaggons, mit dem zusammen ich in die Luft gejagt wurde), ich ließ mir sogar an den Kopf und ins Hüftgelenk schießen; Ruhr, Malaria, gewöhnlicher Durchfall, Nystagmus und Neuralgie, Migräne (Meunière) und Mykose – nichts führte zum Ziel. Immer wieder bekamen Ärzte mich diensttauglich. Ernsthaft versucht, mich dienstuntauglich zu schreiben, hat nur ein Arzt; das beste, was bei diesem Versuch herauskam, war eine zehntätige *Dienstreise* mit Dienstreiseausweis, dienstlichen Verpflegungsmarken, dienstlichen Hoteleinweisungen nach Paris – Rouen – Orléans – Amiens – Abbéville. Ein netter Augenarzt (Nystagmus) schanzte mir diese Reise zu; an Hand einer umfangreichen Liste sollte ich in den genannten Städten für ihn les œuvres complètes de Frédéric Chopin zusammenkaufen, der für ihn, wie er mir gestanden hatte, dasselbe war wie der Absinth für die frühen Symbolisten. Er war nicht böse, doch traurig und enttäuscht, daß ich ausgerechnet die valses nicht komplett bekam, und besonders das Fehlen der valse Nr. 9 As-Dur, die ich nirgendwo hatte auftreiben können, erfüllte ihn mit Bitterkeit. Es nützte nichts, daß ich mir rasch eine Oberflächen-Soziologie zurechtzimmerte und ihm ausführlich erklärte, dies Stück sei natürlich für alle klavierspielenden Damen in Groß-, Klein- wie Landstädtchen eine melancholische Kostbarkeit; er blieb enttäuscht, und als ich ihm vorschlug, mich doch in den unbesetzteren Teil Frankreichs zu schicken, ihm – wiederum ausführlich – erklärte, in Marseille, Toulouse, Toulon herrsche gewiß nicht jene stickige Inlandsluft, die die valse Nr. 9 As-Dur zur begehrten Droge mache – da lächelte er nur listig und sagte: »Das könnte Ihnen so passen.« Wahrscheinlich meinte er, da unten könnte ich leicht desertieren, und wenn er das verhindern wollte, dann gewiß nicht, weil er's mir nicht gönnte (wir hatten nächtelang Schach miteinander gespielt, uns nächtelang über Desertion unterhalten, er hatte mir nächtelang Chopin vorgespielt), sondern wahrscheinlich, weil er mich vor Torheiten bewahren wollte. Ich versichere hiermit an Eides Statt, daß ich wirklich da unten nicht desertiert wäre, und zwar einzig und allein, weil ein liebend Weib in der Heimat meiner harrte, später Weib und Kind, noch später nur noch Kind. Jedenfalls, seine Anstrengungen, meinen Nystagmus zu kultivieren, ließen nach, und ein paar Tage später trat er mich als »wissenschaftlich interessant« – diesen Terminus kreide ich ihm als die gemeinste Form des Verrates an – an den beratenden Ophthalmologen der Heeresgruppe West ab, dessen Schultergeraupe ich so erdrückend fand wie die von ihm ausgestrahlte wissenschaftliche Bedeutung. Aus Rache, wie ich annehme (er muß meine Abneigung gespürt haben), spritzte er mir zwei Tage hintereinander irgendein tückisches Zeug in die Augen, das mir den Kinobesuch unmöglich machte. Ich konnte nur drei bis vier Meter weit sehen, und im Kino habe ich immer gern hinten gesessen. Alles, was weiter als drei bis vier Meter von mir entfernt war, bot sich sowohl verzerrt wie neblig, und ich lief durch Paris wie ein Hänsel ohne Gretels tröstende Hand. Dienstuntauglich wurde ich nicht, nur als »vom Schießen befreit« zur Truppe zurückgeschickt. Mein Vorgesetzter (hübsches Wort, das mir auf der Zunge zergeht!) drehte einfach den Diphthong im Schießen um und verurteilte mich zu einer Beschäftigung, in der ich schon einigermaßen erfahren war. Unter Altgedienten ist diese Beschäftigung gemeinhin als »Scheißetragen« bekannt. Ich wende diesen Terminus nur zögernd an, nur um der historischen Wahrheit willen und aus Respekt vor jeglichem Jargon. Meine ersten Erfahrungen in diesem ehrwürdigen fäkalischen Handwerk hatte ich drei Jahre vorher schon erworben, als ich während des Spatenexerzierens plötzlich, denn vorher hatte ich's ganz gut gekonnt, beim Kommando »Spaten ab« meinen damaligen Vorgesetzten mit der Schneide des Spatens in die Kniekehle geschlagen hatte. Nach meinem Beruf gefragt, gab ich diesen wahrheitsgemäß und so naiver- wie leichtfertigerweise als »Student der Philologie« an und wurde auf Grund der sattsam bekannten Achtung der Deutschen vor jeglicher Art und Abart geistiger Beschäftigung in die fäkalischen Gefilde verdammt, um dort »ein Mensch zu werden«.

Ich wußte also noch, wie man sich aus einem alten Gurkeneimer, einer Stange, Draht und Nägeln eine Kelle zurechtzimmert, auch waren mir die physikalischen wie chemischen Voraussetzungen bekannt, und so ging ich einige Wochen lang morgens zwischen sieben und halb eins, nachmittags zwischen halb zwei und halb sechs mit je einem Gurkeneimer in je einer Hand durch ein langgestrecktes französisches Straßendorf in der Nähe von Mersles-Bains und düngte die korrekten Anpflanzungen des Bataillonskommandeurs, der, im Zivilberuf Rektor einer ländlichen Volksschule, eine genaue Nachahmung seines heimatlichen Schulgartens angelegt hatte: Kohl, Zwiebeln, Porree, Möhren, eine erhebliche Kolonie von Maisstengeln (»für meine Hühnchen«). Das Peinliche an diesem Bataillonskommandeur war die Feierabendgepflogenheit, »menschlich zu werden«, sich mir zu nähern und mit mir »ins Gespräch zu kommen«. Ich mußte, um diesen Stilbruch zu verhindern – menschlich werdende Vorgesetzte sind mir immer entsetzlich gewesen –, um meine Würde zu wahren, ihn auf seine aufmerksam zu machen, jedesmal einen ganzen Eimer Fäkalien opfern, ihm vor die Füße kippen, gleichzeitig verhindern, daß der Eindruck entstand, es wäre Ungeschicklichkeit, und doch die Absicht nicht *zu* deutlich werden lassen, denn es ging mir darum, ihm den Rangunterschied klarzumachen. Persönlich hatte ich nichts gegen ihn: Er war mir vollkommen gleichgültig. Man sieht: Auch bei der Ausübung des niedrigsten aller Handwerke sind die Stilfragen entscheidend. Jedenfalls gelang es mir, mich durch Auslegen eines Fäkaliengürtels für ihn unnahbar zu halten. Daß er vor Ekel (es spritzten ihm ein paar Partikelchen ins Gesicht) einen Gallenanfall bekam, ist nicht meine Schuld: *So* empfindlich hätte er eben als Hauptmann der Reserve nicht sein dürfen. Seine Geliebte (die er sich zu Hause bestimmt nicht hätte leisten können, sie wurde in den Lohnlisten des Bataillons als *dienst*verpflichtete Küchenhilfe geführt) spielte im Schlafzimmer ihm zum Trost ausgerechnet die valse Nr. 9 As-Dur, und ich hatte sie immer, habe sie noch im Verdacht, daß sie es gewesen ist, die mir die Noten dazu in Abbéville vor der Nase weggeschnappt und meine Nystagmus-Karriere verdorben hat. An milden Herbstabenden spazierte sie manchmal, ganz in Violett, mit einer Reitpeitsche in der Hand durchs Dorf; blaß, mehr verdorben als verderbt, eine verkörperte Madame Bovary collaborateuse.

Hier soll der geduldige Leser verschnaufen. Ich schweife nicht ab, sondern zurück, verspreche feierlich: Das Fäkalienthema ist noch nicht ganz erschöpft, Chopin aber endgültig erledigt, jedenfalls in seiner Qualität, als Quantität werde ich, schon aus kompositorischen Gründen, mich seiner noch einige Male bedienen müssen. Es wird nicht mehr vorkommen. Reuevoll schlage ich mir an die Brust, jene, deren Quantität bei meinem Hemdenschneider zu erfahren wäre, deren Qualität aber so schwer zu definieren ist. Gern würde ich mich hier mit einem klaren dienstverpflichtenden Bekenntnis vorstellen; etwa: politische Gesinnung: demokratisch, aber träfe das noch auf jemanden zu, der es abgelehnt hat, sich mit Hauptleuten »gemein« zu machen, der, wenn auch mit Fäkalien, sich Distanz verschafft? Oder nehmen wir eine andere Rubrik: Religionszugehörigkeit. Da böte sich leicht eine der gängigen Abkürzungen an; die Auswahl ist gering: ev., ev. luth., ev. ref., k., rk., ak., isr., jd., vd. Es ist mir immer schon peinlich vorgekommen, daß Religionen, um deren Sinn sich die zu ihr Bekennenden und deren Umwelt seit zwei-, seit sechstausend – seit vierhundert Jahren bemühen, sich auf eine schäbige Abkürzung reduzieren lassen, aber selbst wenn ich wollte, könnte ich keine der Abkürzungen liefern.

Ich will hier sofort einen Fehler offenbaren, der fast ein Geburtsfehler ist und mir Schwierigkeiten wie Zwielichtigkeiten genug eingebracht hat. Meine Eltern, mischehelich miteinander verbunden, liebten einander zu sehr, als daß einer dem anderen den Schmerz hätte zufügen können, meine Konfession endgültig festzulegen (erst bei der Beerdigung meiner Mutter erfuhr ich, daß sie der evangelische Teil gewesen ist). Sie hatten ein sehr kompliziertes System gegenseitiger Hochachtung entwickelt: Abwechselnd ging je einer von ihnen sonntags in die Trinitatiskirche am Filzengraben, der andere jeweils nach St. Maria in Lyskirchen; eine Art höherer konfessioneller Höflichkeit, deren hübschester Schnörkel darin bestand, daß jeweils am dritten Sonntag keiner in eine der beiden Kirchen ging. Mein Vater hat mir zwar immer wieder versichert, daß ich durch Taufe zum Christenvolk gehöre, aber ich habe nie an irgendeiner Art Religionsunterricht teilgenommen. Ich tappe immer noch – obwohl ich mich den Fünfzig nähere – im dunkeln, gelte beim Finanzamt, da ich keine Kirchensteuer zahle, als Atheist. Gern würde ich Jude werden, um das peinliche »vd« in dieser Rubrik loszuwerden, aber mein Vater meint, dann müßte ich bei seinem Tode, wenn er endlich das Geheimnis preisgibt, wieder aus der jüdischen Gemeinde austreten, und das könnte mir mißverständlich interpretiert werden. So bezeichne ich mich gern privat als »kommender Christ«, was mich in den unberechtigten Verdacht bringt, ich wäre Adventist. Ich bin, was die Konfession betrifft, ein unbeschriebenes Blatt, Anlaß zur Verzweiflung, den Atheisten ein Dorn im Auge, den Christen ein »ungeklärter Fall«, bekenntnisunfreudig, unreif, zu höflich meiner verstorbenen Mutter gegenüber; schließlich ist – wie mir ein Diener Gottes neulich sagte – »Höflichkeit keine theologische Kategorie«. Schade, sonst wäre ich wohl ein sehr frommer Mann. Nicht nur was mich, auch was alle anderen in diesem Erzählwerk auftretenden Personen betrifft, möchte ich es nicht als fertige Niederschrift anlegen, sondern wie eins jener Malhefte, die uns allen noch aus unserer glücklichen Kindheit bekannt sind: Um einen Groschen (im Einheitspreisgeschäft sogar zwei für einen Groschen) konnten sie erworben werden. Sie waren das Standardgeschenk einfallsloser und sparsamer Tanten und Onkel, die den Besitz eines Malkastens oder eines Satzes Farbstifte einfach voraussetzten. In diesen Heften waren teilweise die Linien, oft nur Punkte vorgezeichnet, die man zu Linien verbinden konnte. Schon bei der Verbindung der Linien herrschte künstlerische Freiheit, in *voller* künstlerischer Freiheit konnte man dann die verbundenen Linien mit Farbe ausfüllen. Eine durch Kragen und Tonsur, im übrigen frei zu variierende, offensichtlich aber als Priester vorgeschlagene Figur konnte man mit dem gängigen Schwarz des Weltklerikers, doch auch mit Weiß, Rot, Braun oder gar Violett ausfüllen. Weil in der oberen Hälfte der jeweiligen Malseite auch noch Raum für zeichnerische Freiheit blieb, konnte die Kopfbedeckung zwischen Birett und Tiara variieren. Man hätte auch einen Rabbi draus machen oder vermittels eines Beffchens klar auf eine nachreformatorische Konfession verweisen können. Notfalls schnappte man sich ein Lexikon, schlug »Priesterkleidung« auf und wußte dann genau, welche Hals-, Haupt-, Fußbekleidung (etwa Franziskanersandalen) notwendig war, um den gewünschten oder angestrebten Diener Gottes zu erzielen. Natürlich konnte man auch den durch sparsame Umrisse vorgeschlagenen »Priester« einfach ignorieren und einen Bauern, Bäcker oder Bierbrauer, auch einen Cäsaren, Chiromanten oder Clown erstellen. Eine mit Knipszange ausgestattete, durch Punkte und Umrisse auf ziemlich plumpe Weise als Schaffner vorgeschlagene Figur konnte nach Belieben in einen Straßenbahn-, Eisenbahn-, Omnibusschaffner verwandelt werden, und wenn einer (was nicht einmal durch eine gedruckte Gebrauchsanweisung verboten war) die Knipszange durch ein paar geschickte Striche in eine erkaltete Tabakspfeife oder sie, zum Spazierstock verlängert, in dessen Krücke verwandelte, konnte ein Museumsdiener, Fabrikspförtner oder beim Regimentstreffen wacker mitmarschierender Veteran daraus werden. Ich jedenfalls machte von dieser Verwandlungsfreiheit immer ausgiebigen Gebrauch, verwandelte zum Entsetzen meiner Mutter immer eindeutig als Köche vorgeschlagene Figuren in Chirurgen während der Operation, indem ich den Löffel zum Skalpell machte, die Mütze durch Verbreiterung des Gesichts flacher erscheinen ließ. Mit Frauenumrissen ging ich noch rücksichtsloser um: Ich entwarf sie alle, weil mir Gitter so leicht von der Hand gingen, als Nonnen, die mein Vater allerdings manchmal für Haremsdamen hielt.

Jeder wird einsehen: Ein paar gelieferte Umrisse, denen durch geschickt hingestreute Punkte eine gewisse Richtung gewiesen wird, erlauben viel mehr Freiheit als die so heftig begehrte absolute Freiheit, die sich der Phantasie des einzelnen ausliefert, dem bekanntlich nichts, gar nichts einfällt, dem ein leeres Blatt Papier soviel Anlaß zur Verzweiflung bietet wie eine leere Stunde, wenn plötzlich die Bildröhre streikt. Nicht nur, um mein Porträt zu verwischen, widme ich hier der aussterbenden Kunst des Kolorierens einige Abschiedstränen und -gedanken. Seitdem unsere Kinder gelernt haben, auf leeres Papier ausstellungsreif zu malen und mit vierzehn über Kafka zu sprechen, werden manche

Erwachsenenausstellungen so peinlich wie manche Erwachsenenerklärungen zur Literatur. Ein Lämmchen, das wirklich naiv ist und außerdem noch das Lächeln der Auguren zu entziffern versteht, weiß natürlich seinen Eingeweiden, bevor es geschlachtet wird, eine interessante und vieldeutige Anordnung zu geben und durch vorheriges Verschlucken von Steck-, Näh- und Briefnadeln, Partei- und sonstigen -abzeichen oder Kirchensteuererklärungen sein Gewölle ein wenig auszustaffieren, während so ein Lämmchen, das weder naiv ist noch das Lächeln der Auguren zu deuten versteht, seine Eingeweide so darbietet, »wie sie wirklich sind«: kümmerlich Gedärm, aus dem keinerlei Zukunft heraufbeschworen werden kann. Ich biete also ein paar Striche, ein paar Punkte, die der Leser als Malvorlage für die Ausschmückung des Rohbaus jener Gedächtniskapelle verwenden mag, als die dieses kleine Erzählwerk gedacht ist: Er darf es als Fresko oder als Sgraffito, auch als Putzmosaik auf die rohen Wände übertragen.

Vorder- und Hintergrund gebe ich ganz frei: für erhobene Zeigefinger, empört oder verzweifelt gerungene Hände, für geschüttelte Köpfe, in großväterlicher Strenge und Allweisheit verzogene Lippen, gerunzelte Stirnen, für zugehaltene Nasen, geplatzte Kragen (mit oder ohne Krawatten, Beffchen etc.), für Veitstanz und Schaum vor den Lippen, hingeworfene oder hingestreute Gallen- und Nierensteine, an deren Zutagetreten ich schuldig werden mag.

Ich setze wie ein geiziger Onkel oder eine sparsame Tante den Besitz eines Malkastens oder eines Satzes Farbstifte voraus. Wer nur einen Bleistift, ein Tintenfaß oder einen Rest Tusche zur Hand hat, mag's monochrom versuchen.

Als Ersatz für möglicherweise vermißte Doppel-Drei-Vier-Bödigkeit schlage ich Vielschichtigkeit vor: den Humus der Historie, der uns kostenlos zur Verfügung steht, den Schutt der Geschichte, der noch billiger als kostenlos zu haben ist. Es darf auch jeder meine, die Füße der Musterfigur verlängern oder mir die Archäologen-

Angel in die Hand malen, damit dann Neckisches an Land ziehen: einen Armreif der Agrippina, den jene, selbst betrunken, bei einer Rauferei mit betrunkenen Matrosen der römischen Rheinflotte genau dort verloren hat, wo mein Elternhaus stand (und wieder steht), oder einen Schuh der heiligen Ursula, vielleicht auch einen von der begeisterten Menge abgerissenen, in neuzeitliche Kanäle, von dort in historisch interessantere Schichten gespülten Mantelknopf des Generals de Gaulle. Was *ich* bisher geangelt habe, hat die Mühe gelohnt: einen Schwertknauf des Germanicus, den jener verlor, als er zu heftig, fast schon nervös (vielleicht gar hysterisch) an seinem Wehrgehänge zerrte, um einer murrenden Menge römisch-germanischer Meuterer jenes Schwert zu zeigen, mit dem er sie so oft zum Sieg geführt. Eine guterhaltene germanische Blondlocke, die ich ohne die geringste Schwierigkeit als vom Haupt des Thumelicus stammend identifizieren konnte, und einiges mehr, das ich nicht aufzähle, um nicht den Neid der Touristen und deren Angel- und Schürflust zu wecken.

Jetzt aber schwenken wir weder ab noch zurück, sondern gehen geradenwegs aufs Ziel zu, nähern uns endlich einer gewissen Realität: Köln. Gewaltige Erbschaft, ungeheuerliche historische Fracht (jedenfalls den Breiten entsprechend ungeheuerlich). Machen wir, was die Matrosen »klar Schiff« nennen, bevor wir im Schlamm der Geschichte versinken. Müßte ich nur die Tatsache berücksichtigen, daß Caligula von hier aus, um so trügerischen wie betrügerischen Ruhm zu erwerben, künstlich Feindberührung mit Tencterern und Sigambrern herbeiführte, dann schwämmen wir schon ins Uferlose davon, würden uns vergebens bemühen, Dämme zu errichten. Wenn ich zur Caligula-Schicht, der vierten von unten, durchdringen wollte, müßte ich alle oberen Schichten, etwa zwölf, ganz abtragen und fände allein die oberste schon mit Schutt, Mörtel, Möbelresten, Menschengebein, Stahlhelmen, Gasmaskenbüchsen, Koppelschlössern durchsetzt, nur oberflächlich plattgewalzt oder plattgetreten, und wie sollte ich den Nachgeborenen erklären, was – abgesehen von allem anderen – die Koppelaufschrift »Gott mit uns« bedeutet haben kann? Da ich schon zugegeben habe, in Köln geboren zu sein (eine Tatsache, die Links-, Rechts-, Mittel- und Diasporakatholiken zu so verzweifeltem Händeringen veranlassen wird wie rheinische und andere Protestanten und Doktrinäre jeglicher Färbung, also fast jeden), so will ich, um das Mißtrauen wenigstens so gut zu nähren wie die Mißverständnisse, mindestens vier Straßen als die, in der ich geboren, zur freien Auswahl anbieten: Rheinaustraße, Große Witschgasse, Filzengraben und Rheingasse, und wer jetzt meint, ich rückte damit mein Elternhaus bedenklich nahe an jene Gefilde, in denen Nietzsche scheiterte, Scheler aber gedieh, dem sei gesagt, in keiner dieser Straßen wurde und wird jenes Gewerbe ausgeübt, für dessen Vertreterin die betrunkenen römischen Matrosen Agrippina hielten, und wenn nun geübte Schnüffler sich auf den Weg machen, herauszufinden, wo Agrippina sich nun *wirklich* gerauft, wo Thumelicus *wirklich* an Land kam, wo Germanicus seine berühmte Rede hielt, dann will ich zur weiteren Verwirrung hinzufügen, daß ich, wenn Besucher in meiner Vitrine die Elfenbeinbüchse finden und mich fragen, wes Haar sie enthalte, dieses gelegentlich auch als vom Haupt eines Lochnermodells oder vom heiligen Engelbert stammend ausgebe: Solche Verwechslungen sind in Pilgerstädten erlaubt und üblich.

Nach meiner Volkszugehörigkeit gefragt, gebe ich unumwunden folgende Auskunft: Jude, Germane, Christ. Das mittlere Glied dieser Trinität ist ersetzbar durch irgendeine der zahlreichen reinen oder gemischten Volksbezeichnungen, wie Köln sie anzubieten hat: sei es rein samojedisch, schwedisch-samojedischer Mischling, slowenisch-italienisch; auf die beiden äußeren Klammern – Jude-Christ –, die mein völkisches Gemisch zusammenhalten, kann ich nicht verzichten; wer keins von dreien ist oder nur eins von dreien (etwa nur slawisch-germanischer

Mischling), wird hiermit für diensttauglich erklärt und aufgefordert, sich unverzüglich einen Musterungsbescheid zu holen. Die Bedingungen sind bekannt: sauber gewaschen und jederzeit bereit, sich nackt auszuziehen.

2

Damit ist die innere Musterzeichnung beendet, kommen wir rasch zur äußeren; 1,78 m groß, dunkelblond. Gewicht: normal. Besondere Merkmale: leichter Schräggang (wegen des Schusses in die Hüfte).

Als ich am 22. September 1938 gegen vier Uhr fünfundvierzig nachmittags vor dem Kölner Hauptbahnhof eine Straßenbahn der Linie 7 bestieg, trug ich ein weißes Hemd, eine dunkel-olivgrüne Hose, der jeder (damals) Eingeweihte sofort angesehen hätte, daß es eine Uniformhose war. Wer mir nicht allzu nahe getreten, meinen Geruch also nicht hätte bemerken können, hätte mich als »ganz ordentlich« bezeichnet. Überraschend für die, die mich kannten (weil jeder, der mich kennt, weiß, daß ich von meinem Ur-Urgroßvater väterlicherseits, der aus einem Dorf bei Nijmwegen stammte, mit Anankasmus, dem Laster des Handwaschzwangs, belastet bin, damit liefere ich einen zusätzlichen Punkt, der ins Ungewiß-Unendliche führt) – deshalb wahrscheinlich rührend –, wirkten meine schmutzigen Fingernägel. Für die schmutzigen Fingernägel lege ich eine eindeutige Erklärung vor: In der Zwangs- und Schicksalsgemeinschaft, deren Uniform ich eigentlich hätte tragen müssen (ich hatte sie, sobald der Zug abgefahren war, auf der Toilette ausgezogen und in den Koffer gesteckt, bis auf die Hose, die ich anständiger- und die Schuhe, die ich notwendigerweise nicht ausziehen konnte), in dieser Zwangsgemeinschaft hatte ich ganz die dort übliche Gewohnheit angenommen, mir vor dem Mittagessen, wenn der Vorgesetzte die Fingernägel auf Sauberkeit kontrollierte, diese rasch mit der Gabel zu säubern.

So lief ich also an diesem Tag, den ich fast ganz in der Eisenbahn verbrachte (kein Geld, im Speisewagen zu essen, also keine Gabel, die Fingernägel zu säubern), noch am späten Nachmittag mit schmutzigen Fingernägeln durch die Weltgeschichte. Heute noch, fünfundzwanzig Jahre später, muß ich mich bei feierlichen wie gewöhnlichen Essen mit Gewalt zurückhalten, mir mit der Gabel rasch die Fingernägel zu säubern, und ich habe schon manchen ärgerlichen Kellnerblick herausgefordert, weil man mich für einen Proleten hielt, aber auch manchen anerkennenden, weil man mich für einen Snob hielt. Indem ich diese Angewohnheit mitteile, möchte ich die Leser auf die unauslöschlichen Wirkungen erzieherischer Kräfte bei militärischen Organisationen hinweisen. Wenn eure Kinder also mit schmutzigen Fingernägeln zu Tisch erscheinen, schickt sie am besten unverzüglich zur Musterung, danach unverzüglich zum Militär. Sollte den Leser Ekel überkommen, oder gar hygienische Bedenken, so sei hinzugefügt, daß wir in dieser Schicksalsgemeinschaft natürlich anschließend unsere Gabeln am Hosenbein abzuwischen, später dann in der heißen Suppe abzuspülen pflegten. Hin und wieder, wenn ich – was selten vorkommt – allein: d. h. weder von meiner Schwiegermutter noch von meiner Enkelin begleitet und kontrolliert, noch in Gesellschaft von Geschäftsfreunden auf der Reichard-Terrasse einen Imbiß zu mir nehme, greife ich so ungehemmt wie instinktiv zur Gabel und säubere mir tatsächlich damit die Fingernägel. Neulich fragte mich ein durchreisender Italiener vom Nebentisch her, ob das eine deutsche Sitte sei, was ich ohne Zögern bejahte. Ich wies sogar auf Tacitus hin und auf den in der italienischen Renaissance-Literatur schon bekannten Begriff des »forcalismo teutonico« – er schrieb's unverzüglich in sein Reisetagebuch, und als er fragend noch einmal mir zuflüsterte: »formalismo tautonico?« ließ ich's dabei, weil ich fand, es klang so hübsch.

Bis auf die schmutzigen Fingernägel sah ich also ganz ordentlich aus. Sogar meine Schuhe waren blitzblank geputzt. Nicht von meiner Hand (das zu tun, habe ich mich bis auf den heutigen Tag standhaft geweigert), sondern von der Hand eines Schicksalsgenossen, der seinen Dank für ihm von mir geleistete Dienste nicht anders abzustatten wußte. Geld, Tabak, Materielles irgendwelcher Art wagte er mir aus Taktgefühl nicht anzubieten; er war Analphabet, und ich schrieb für ihn glühende Briefe an zwei Mädchen in Köln, deren Adresse, wenn auch nicht weit von meinem Elternhaus entfernt (nur zwei bis sieben Straßen weit), aber doch in mir völlig unvertrautem Milieu (eben jenem, mit dem Agrippina schon verwechselt, in das Nietzsche hineingeraten, in dem der späte Scheler ganz zu Hause war) zu finden gewesen wäre. Dieser mein Schicksalsgenosse, ein Zuhälter namens Schmenz, stürzte sich immer in wilder Dankbarkeit auf meine Schuhe, Stiefel, wusch mir Hemden und Socken, nähte mir Knöpfe an, bügelte Hosen – weil meine glühenden Briefe bei den Adressatinnen Entzücken hervorriefen. Die Briefe waren ganz edel, fast esoterisch, stark stilisiert, und gerade das ist in diesem Milieu beliebt wie Dauerwellen. Einmal gab mir Schmenz sogar die Hälfte des Karamelpuddings ab, mit dem unsere Sonntage dort verschönert wurden, und ich habe lange Zeit geglaubt, er möge Karamelpudding nicht (Zuhälter sind die verwöhnteste Sorte Mensch, mit der ich je zu tun gehabt habe), bis ich später glaubhaft belegt bekam, daß Karamelpudding zu seinen Lieblingsspeisen gehörte. Da sich bald herumsprach, wie glühend ich Briefe zu schreiben verstand, machte ich nicht nur not-, sondern fast schon mit Gewalt gezwungen eine Praxis, wenn auch nicht gerade als Schrift-, so doch als Briefsteller auf. Die Honorare bestanden größtenteils in merkwürdigen Vergünstigungen: mir *nicht* mehr den Tabak aus dem Spind und das Fleisch vom Teller zu klauen, mich beim Frühsport *nicht* mehr in den schlammigen Straßengraben zu stoßen, mir bei Nachtmärschen *kein* Beinchen mehr zu halten, und was es in diesen Schicksalsgemeinschaften so alles an Vergünstigungen gibt. Manche meiner Freunde, Marxisten und Antimarxisten, haben mir später vorgeworfen, ich hätte, indem ich diese Liebesbriefe schrieb, falsch gehandelt. Es wäre meine Pflicht gewesen, bei diesen »Analphabeten durch sich stauende Liebesglut eine Bewußtseinsveränderung zu bewirken, durch diese möglicherweise eine Meuterei herbeizuführen«, und es wäre meine Pflicht gewesen, als aufrechter Mann jeden Morgen im schlammigen Straßengraben nach Halt zu suchen. Ich gebe ja reumütig zu, daß ich falsch gehandelt habe, inkonsequent war, aus zwei höchst unterschiedlichen Gründen, von denen der erste ein mir angeborener Fehler, der zweite ein Milieumangel ist: Höflichkeit, Angst vor Schlägereien. Tatsächlich wäre es mir lieber gewesen, wenn Schmenz mir nicht die Stiefel geputzt und die anderen mich weiterhin in den Straßengraben geschubst oder mein Zigarettenpapier weiterhin in den Morgenkaffee getunkt hätten, aber ich brachte weder die Unhöflichkeit noch den Mut auf, sie an diesen Vergünstigungen zu hindern. Ich klage mich an, bekenne mich ohne Einschränkungen schuldig, und vielleicht senken sich jetzt die schon zu verzweifeltem Ringen erhobenen Hände, glätten sich die gerunzelten Stirnen wieder und wischt sich der eine oder andere den Schaum aus den Mundwinkeln. Ich verspreche hiermit feierlich, daß ich am Schluß dieses Erzählwerks ein umfassendes Geständnis ablegen, eine fix und fertige Moral liefern werde, auch eine Interpretation, die allen Interpreten vom Obertertianer bis zum Meisterinterpreten im Oberseminar Seufzen und Nachdenken ersparen wird. Sie wird so abgefaßt sein, daß auch der einfache, der unbefangene Leser sie »mit nach Hause nehmen kann«, weit weniger kompliziert als die Anleitung zur Ausfüllung des Antrags auf Lohnsteuerjahresausgleich. Geduld, Geduld, wir sind noch nicht am Ende. Ich gebe ja zu, daß ich in der freien, pluralistischen Industriegesellschaft natürlich einen freien, souverän trinkgeldverschmähenden Schuhputzer vorziehe.

Lassen wir mich zunächst mit meinen schmutzigen Fingernägeln, den blankgeputzten Schuhen für ein paar Minuten in der Straßenbahn Nr. 7 allein. Liebenswert und altmodisch (heutzutage sind die Straßenbahnen ja die reinsten Rein- und Rausschmeißmaschinen) wackelt die 7 um den Ostchor des Domes herum, schwenkt in Unter Taschenmacher ein, auf den Altermarkt zu, ist dem Heumarkt schon nahe – und erst an der Malzmühle, spätestens in der Kurve am Malzbüchel, wo ich abzuspringen pflegte, werde ich mich entscheiden müssen, ob ich zuerst nach Hause gehen und meinem Vater beistehen werde (oder meinen Eltern. Das Telegramm meines Vaters »Mutter verstorben«, dem ich die zeitweilige Befreiung aus dieser Zwangsgemeinschaft verdankte, hätte gut ein Bluff sein können. Meine Mutter wäre fähig gewesen, Richmodis von Aducht zu spielen), oder ob ich bis zum Perlengraben durchfahren werde, um zuerst die Bechtolds zu besuchen. Lassen wir diese Frage unbeantwortet, bis die Bahn an der Malzmühle angekommen ist, schwenken zurück in das Fäkalienviertel des Lagers jener Schicksalsgemeinschaft, wo ich Engelbert Bechtold kennenlernte, der im folgenden so genannt wird, wie in Köln jeder Engelbert: Engel. So wurde er zu Hause genannt, im Lager, von mir, so sah er aus.

Der sehnliche Wunsch jenes Vorgesetzten, den ich beim Spatenexerzieren mit der scharfen Schneide des Spatens in die Kniekehle geschlagen hatte (nicht einmal absichtlich, wie meine marxistischen und anderen Freunde mir vorwerfen, sondern – ein Geständnis, das sie und alle anderen zur Verzweiflung bringen wird – von einer unsichtbaren himmlischen Vernunft getrieben) – der sehnliche Wunsch dieses Vorgesetzten, aus mir einen Menschen zu machen, hatte mich spornstreichs in jene Gefilde verbannt, wo Engel, im Lager eine mythische Gestalt, seit drei Monaten ununterbrochen und ungebrochen den verschiedensten schmutzigen Beschäftigungen nachging: alltäglich die Riesenlatrine zu leeren, die ohne Kanalanschluß war (ich erspare mir und dem Leser statistische Einzelheiten), die Küchenabfälle in Schweinekübel zu füllen, die Öfen der Anführer zu säubern und anzuzünden, deren Kohlenbecken zu füllen, die Spuren von deren Gelagen (hauptsächlich mit Bier und Likör vermischten erbrochenen Kartoffelsalat) zu entfernen, den fast unübersehbaren Vorrat an Kartoffeln im Keller ständig nach faulen Kartoffeln abzusuchen, das Ausbreiten der Fäulnis zu verhindern.

Sobald ich Engel gegenüberstand, wußte ich, daß nicht mein Wille, noch weniger so etwas Dummes wie Absicht, nicht der Fluch des Anführers – sondern eben jene unsichtbar waltende himmlische Vernunft mich zur Menschwerdung dorthin geschickt hatte. Als ich Engel sah, wußte ich auch: Wenn er schon in irgendeine Art Dienst geriet, mußte er Fäkalien tragen, und es war für mich eine Ehre, in seiner Gesellschaft das gleiche zu tun.

In diesen Zwangs- und Schicksalsgemeinschaften wird der Adel der Menschwerdung nie durch Vorteile, immer nur durch Nachteile verliehen. (Geduld: Ich weiß sehr wohl, wie so ein Nachteil sich ins Vorteilhafte verwandelt, und werde entsprechend aufpassen!) Ich empfinde meine Chopin-Dienstreise immer noch als kleinen Makel, mag auch meine relative Jugend – ich war zweiundzwanzig – entschuldigend ins Gewicht fallen. Andere Vorteile (die nicht etwa »verwandelte Nachteile« waren, sondern echte Vorteile) empfinde ich nicht als Makel, etwa den, daß ich in meiner Eigenschaft als Bataillonskohlenschlepper – man sieht, ich habe nicht *nur* Fäkalien getragen – mit der Oberin eines Klosters der Benediktinerinnen von der ewigen Anbetung in einem Städtchen bei Rouen komplizierte, aus Gründen höherer Erotik sehr in die Länge gezogene Verhandlungen führte, stundenlange Gespräche, die sich über eine Woche hinzogen (ich mußte ihr unter anderem die Angst ausreden, ich könnte ein Provokateur sein), um im Austausch gegen gute Fettkohle, die sie für ihre

Wäscherei dringend brauchte, wöchentlich zwei Wannenbäder genehmigt zu bekommen. Wir beide, sie und ich, entwickelten dabei eine höhere Mathematik der Diplomatie und Erotik, bei der Pascal und Peguy Pate standen. Und obwohl sie wußten, daß meine Konfessionszugehörigkeit ungeklärt war, luden mich die Schwestern am Maria-Himmelfahrts-Tag zu einer Festandacht ein, bewirteten mich anschließend mit Tee und Streuselkuchen (meine Abneigung gegen Kaffee war der Oberin bekannt). Ich revanchierte mich chevaleresk durch einen Extrazentner Fettkohle und drei schneeweiße Offizierstaschentücher, die ich – worauf ich besonders stolz bin – eigenhändig aus einem Depot der deutschen Wehrmacht gestohlen hatte und auf die ich auf eigene Kosten von einer gelähmten Lehrerin hatte sticken lassen: »Macht euch Freunde mit dem ungerechten Mammon. Votre ami allemand.« Es würde dieses Erzählwerk unnötig komplizieren, wollte ich andere oder gar alle Vorteile aufzählen, die ich genoß, zum Beispiel: daß eine sehr hübsche rumänische Jüdin in einem Textilladen in Jassy mich auf beide Wangen, den Mund und die Stirn küßte mit der merkwürdigen, auf jiddisch gemurmelten Erklärung: »Weil Sie zu so einem armen Volk gehören« – die Sache hatte eine Vor- und eine Nachgeschichte, ich gebe nur den einfachen Mittelteil, weil das andere zu kompliziert darzustellen wäre. Von einem ungarischen Obristen, der mir bei einer Urkundenfälschung behilflich war, will ich erst gar nicht anfangen.

Machen wir rasch eine doppelte Schwenkung, zuerst zurück zur Straßenbahn Nr. 7, die soeben die Malzmühle passiert hat, sich quengelig den Mühlenbach hinauf, auf den Waidmarkt zuquält – dann zurück ins Fäkalienviertel jenes Lagers, wo ich mich plötzlich Engel gegenübersah, der auf einem Mauervorsprung zwischen Küche, Krankenrevier und Latrine sein Frühstück verzehrte: ein Stück trockenes Brot, eine selbstgedrehte Zigarette, einen Becher Kaffee-Ersatz. So wie er da saß, erinnerte er mich an die Straßenfeger zu Hause, deren würdigen Frühstücksstil, wenn sie am Tauzieherdenkmal saßen, ich immer bewundert, um den ich sie immer beneidet habe. Engel war, wie alle Lochnerengel, blond, fast goldhaarig, klein, fast vierschrötig, und obwohl sein Gesicht – breite Nase, zu kleiner Mund, fast schon verdächtig hohe Stirn – keinerlei klassische Merkmale aufwies, wirkte er strahlend. Die dunklen Augen ganz und gar unmelancholisch. Als ich vor ihm stand, sagte er: »Tag«, nickte, als wären wir seit vierhundert Jahren dort verabredet gewesen und ich hätte mich nur unmerklich verspätet, sagte, ohne den Kaffeebecher abzusetzen: »Du solltest meine Schwester heiraten«; den Kaffeebecher auf dem Mauervorsprung absetzend, fügte er hinzu: »Sie ist hübsch, obwohl sie mir gleicht, sie heißt Hildegard.«

Ich schwieg, wie nur einer schweigen kann, der Botschaft und Befehl eines Engels entgegennimmt. Engel rieb die Glut von seiner Zigarette an der Mauer ab, steckte den Stummel in die Tasche, nahm die beiden leeren Gurkeneimer auf und fing an, mir sachliche Anweisungen über meine bevorstehende Tätigkeit zu geben, hauptsächlich physikalische Einzelheiten über das Aufnahmevolumen einer Kelle in Kilo, die Tragfähigkeit der Stange, an der die Kelle befestigt war. Er fügte noch ein paar chemische Einzelheiten hinzu, ersparte sich aber Hygienisches, wohl weil über der Latrine ein großes Schild hing: »Nach dem Stuhlgang, vor dem Essen, Händewaschen nicht vergessen.« Man sieht, wer seine Kinder unverzüglich zum Militär schickt, braucht nicht zu fürchten, es würde irgend etwas vergessen. Wenn man bedenkt, daß im Speisesaal ein Schild hing mit der Aufschrift: »Arbeit macht frei«, so weiß jeder, daß sowohl für Lyrik wie für Weltanschauung gesorgt war.

Nur vierzehn Tage lang übte ich gemeinsam mit Engel jene Tätigkeiten aus, die mich heute noch befähigen, jederzeit mein Brot als Kanalarbeiter oder Kartoffelsortierer zu verdienen. Nie mehr habe ich soviel Kartoffeln auf einmal gesehen, wie im Keller unter der Küche lagerten: Durch winzige Schlitze fiel mattes Tageslicht auf ein bräunliches Gebirge, das sich wie ein brodelnder Sumpf zu bewegen schien, süßlich alkoholische Dünste füllten den Raum, wenn wir einen ganzen Haufen verfaulter Kartoffeln aussortiert und zum Wegtragen bereitgelegt hatten. Der positive Teil unserer Tätigkeit bestand darin, die kostbaren Früchte eimerweise (zur Beruhigung aller Mütter sei hinzugefügt, in *anderen* Eimern) fürs abendliche gemeinsame Kartoffelschälen in die Küche hinaufzutragen und dort in bereitstehende Kübel zu schütten. Wenn wir die ersten Eimer in die Küche hinaufbrachten, wurde uns als erstes erteilt, was der Küchenchef (einer der wenigen nicht gerichtlich Vorbestraften in dieser Zwangsgemeinschaft) den Schneckensegen nannte, d. h.: Wir mußten uns auf den schmierigen Boden werfen, rund um den riesigen Herd kriechen, durften dabei den Kopf nur so weit über den Boden erheben, wie notwendig war, das Gesicht vor Schürfungen zu bewahren. Als einzig zulässige Fortbewegungskraft galt das Abstoßen mit den Zehen, wenn wir Hände oder Knie zu Hilfe nahmen oder erschöpft innehielten, mußten wir zur Strafe singen, was uns befohlen wurde mit den Worten: »Ein Lied, ein fröhlich' Lied!«, und ich weiß bis heute nicht, ob es pure Eingebung war oder innere Verständigung zwischen Engel und mir: Jedenfalls stimmte auch ich schon beim erstenmal jenes Lied an, das für Engel zum Repertoire zu gehören schien: ›Deutschland, Deutschland über alles.‹ Man sieht, daß auch die patriotischen Partien unseres Gemüts beim Akt der Menschwerdung nicht vernachlässigt wurden, und wer fürchtet, seine Söhne könnten je vergessen, daß sie Deutsche sind, sollte sie noch unverzüglicher, als auf Seite 101 vorgeschlagen wurde, zum Militär schicken und ihnen eine möglichst harte Ausbildung wünschen. Gewissenhaft wie ich immer war, überlegte ich während des Singens, ob das Lied, das wir sangen, auch wirklich als fröhlich bezeichnet werden konnte. Die hier beschriebene

Methode – das teile ich als Vorschuß auf die fällige Interpretation mit – ist übrigens die beste und wirksamste, einem jungen Menschen seine jeweilige Nationalität oder Volkszugehörigkeit unauslöschlich einzuprägen. Ich empfehle sie auch für Schweizer, Franzosen und andere Nationen. Nicht jeder hat ja das Glück, von hübschen Jüdinnen in rumänischen Läden geküßt zu werden.

Niemand wird erstaunt sein, zu erfahren, daß wir zu erschöpft waren, regelrecht, mit jener Vollkommenheit zu singen, die in Gesangvereinen gepflegt wird. Wir murmelten nur in einer Art Singsang den unvergeßlichen und unvergessenen Text litanesk auf den klebrigen Fliesenboden. Später wurde mir – ausgerechnet mir! – das Singen des Deutschlandliedes untersagt, nachdem der oberste Anführer, unser Lagerchef, mich einmal im Kartoffelkeller aufgesucht, auf meinen fehlenden Taufschein hin angebrüllt und unverhofft – ob auch unbegründet weiß ich bis heute nicht, die Sache blieb zweifelhaft – mit »Judenlümmel« anbrüllte, was ich immer als eine Art Taufe oder Beschneidung empfunden habe. Seitdem durfte ich das Deutschlandlied nicht mehr singen, sang statt dessen: ›Ich weiß nicht, was soll es bedeuten.‹

Niemand wird auch erstaunt sein zu erfahren, daß ich mit Engel kaum noch, über Hildegard gar nicht mehr mit ihm sprach. Meistens waren wir gegen halb zehn Uhr morgens schon so erschöpft, daß wir nur noch taumelnd unseren verschiedenen Pflichten nachgingen und vor Erschöpfung und Ekel erbrachen. So blieben Kopfnicken und -schütteln unsere einzigen Verständigungsmittel. Auch wurde uns durch Erbrechen, Kopfschmerzen, Erschöpfung besser bewußt, wie wenig unsere Nachteile sich in Vorteile zu verwandeln drohten. Wenn Engel auf eine bestimmte Art – halb entschuldigend, halb ergeben – mit den Schultern zuckte, wußte ich, daß er sich auf einen Stapel Kartoffelsäcke setzen und einen Rosenkranz beten würde (»Ich hab's meiner Mutter versprochen«).

Natürlich gab's auch in dieser Zwangsgemeinschaft die

»Nach-Feierabend-Menschlichkeit«, sogar eine »Während-des-Dienstes«-Variante derselben, die durch einen jungen Anführer vertreten und praktiziert wurde, einen edel aussehenden ehemaligen Studenten der evangelischen Theologie, der sich manchmal uns näherte, um »ins Gespräch zu kommen«. Ich hatte für ihn immer eine Spezialmischung aus verfaulten Kartoffeln und Fäkalien bereitstehen, die ich um mich herum ausleerte, während Engel in seiner christlichen Demut tatsächlich mit ihm »ins Gespräch kam« und – etwa zweimal in den vierzehn Tagen je drei Minuten – Worte wie »Notwendigkeit«, »Weltgeist«, »Schicksal« entgegennahm, wie ein bescheidener Bettler eine Scheibe vertrockneten Brotes entgegennimmt.

Inzwischen war die 7 längst in Waidmarktnähe, und ich dachte nur noch an Hildegard Bechtold. In den vergangenen vierzehn Tagen hatte ich manchmal vorgehabt, sie schriftlich blindlings um »ihre Hand zu bitten« (ich wußte damals keinen anderen und weiß bis heute keinen besseren Ausdruck), aber gerade in diesen Tagen bedrängten mich meine abendlichen Briefkunden über die Maßen, bedrohten mich, weil ihnen mein Vokabularium nun doch zu »fein« wurde. Die groben Zärtlichkeiten, die meine Briefkunden ihren Partnerinnen mitzuteilen wünschten (primäre wie sekundäre Geschlechtsmerkmale wurden miteinander, diese Kombinationen wiederum mit allen möglichen Körperteilen kombiniert), verlagerte ich auf eine noch edlere Ebene, entwickelte einen Manierismus, der mich heute noch befähigte, von jeglicher Art männlichem Absender an jegliche Art weiblichen Adressaten Briefe zu schreiben, die jede Zensur passieren würden, ohne daß irgend etwas verschwiegen oder ausgesprochen worden wäre. Ich könnte also auch jederzeit mein Brot als Briefsteller verdienen. Da ich immer schon gern mit möglichst schwarzer Tinte oder möglichst weichen Bleistiften auf möglichst weißes Papier geschrieben habe, rechne ich meine Briefstellerei zu den Vorteilen, deren ich mich nicht schäme.

Am Waidmarkt war meine Unruhe fast schon zur Nervosität geworden, kaum noch eine Minute und ich würde am Perlengraben aussteigen. Die Entscheidung war gefallen. (Meine Mutter war tot, und ich wußte es.) Da ich auch hier, auf der Plattform der 7, durch einen Fäkaliengeruchsgürtel in meinem elfenbeinernen Turm gefangengehalten war, nahm ich die sogenannte Umwelt mit jener traumhaften Unschärfe (oder Schärfe) wahr, die sich beim Blick durch Gefängnisluken bildet. Ein SA-Mann (wie konnte nur ein Mensch solch eine Uniform anziehen!), ein offenbar zu den gebildeten Ständen zählender Herr mit Seidenkrawatte, ein junges Mädchen, das mit unschuldigen Fingern aus einer Papiertüte Weintrauben aß, und die Schaffnerin, deren junges, etwas grobes Gesicht durch jene Direkt-Erotik, die Kölner Schaffnerinnen einmal auszeichnete, verschönert war – sie alle mieden mich wie einen Aussätzigen. Ich zwängte mich zum Ausgang durch, sprang ab, stürzte den Perlengraben hinunter, stieg drei Minuten später die Treppe zum vierten Stockwerk eines Mietshauses empor. Dem nach Wirklichkeit forschenden Interpreten schlage ich vor, mit drei Minuten Radius einen Halbkreis westlich Severinstraße um die Haltestelle Perlengraben zu schlagen, sich eine der Straßen auszusuchen, die in seinem Halbkreis hängenbleibt – um den Radius korrekt zu liefern, müßte ich allerdings meine Geschwindigkeit mitliefern: Ich schlage irgendeine zwischen Jesse Owens und einem überdurchschnittlichen Amateur vor. Ich war nicht erstaunt, über der Wohnungstür der Bechtolds ein Transparent zu erblicken mit der Aufschrift: »Seht ihn! Wen? Den Bräutigam. Seht ihn! Wie? Als wie ein Lamm.« Als ich auf den Klingelknopf drücken wollte – fast überflüssig, das zu sagen, aber besser ist besser –, öffnete Hildegard die Tür, fiel mir in die Arme, und aller schlimme Geruch war von mir genommen.

3

Es liegt weder in meiner Absicht noch liegt es innerhalb meiner Fähigkeiten, hier auch nur andeutungsweise die Macht der Liebe zu schildern oder gar zu erklären. Eins steht fest: Liebe auf den ersten Blick war es nicht. Erst eine Stunde später, als ich schon die Einweihungsriten der Bechtoldsippe überstanden hatte, der Verlobungskaffee schon getrunken, der Verlobungskuchen halb verzehrt war, kam ich dazu, Hildegard richtig anzusehen. Ich fand sie viel schöner, als die Ähnlichkeit mit Engel hatte versprechen können, und ich war erleichtert darüber. Obwohl ich sie schon seit vierzehn Tagen liebte, war es doch angenehm, sie schön zu finden. Wenn ich jetzt mitteile, daß wir, Hildegard und ich, uns von nun an nicht sehr oft, aber sooft wir konnten, in den Armen lagen, und noch einmal ins Gedächtnis rufe, daß ich diese Tatsache der Lenkung jener himmlischen Vernunft zuschreibe, die mir eingab, beim Kommando »Spaten ab« plötzlich alles Gelernte zu vergessen, so werden, fürchte ich, um ihre Söhne besorgte Eltern jetzt auf den Gedanken kommen, ihre Söhne nicht nur aus erzieherischen Gründen zum Militär zu schicken, auch, auf daß sie auf dem Umweg über das falsch ausgeübte Kommando »Gewehr ab« (Spaten haben sie ja heutzutage nicht mehr) zu einer so lieben, so klugen und schönen Frau kommen wie ich. Deshalb möchte ich hier warnend an das Märchen von Frau Holle (und andere einschlägige Märchen) erinnern, in denen der absichtslos Gutes Tuende weitaus bessere Früchte erntet als der absichtsvoll ihn Nachahmende, und möchte noch einmal beschwören: Ich tat's nicht absichtlich. (Hier lasse ich etwas Platz für die knirschenden Zähne der Zornigen, die, absichtstrunken, wie sie nun einmal sind, nicht wahrhaben wollen, daß eine himmlische Vernunft den Absichtslosen zum Guten führen kann.) Natürlich sind mir nicht alle Absichten jener lenkenden Vernunft bekannt: *Eine* hat bestimmt darin bestanden, die Familie

Bechtold nicht nur auf Kriegs-, sondern auf Lebenszeit mit Kaffee zu versorgen (mein Vater betrieb einen Kaffeegroßhandel, den ich inzwischen geerbt habe). Eine Nebenabsicht: mir in Gestalt meiner beiden Schwäger jene Zwanzigerjahredämonie vor Augen zu führen, von der ich bis zum 22. September 1938 keine Ahnung hatte (Kind bürgerlicher Eltern, Abitur, ein Semester Bertram, bis dahin keine Mitgliedschaft in NS- und anderen Organisationen). Weitere mögliche Absichten: mir in dem Augenblick, da meine Mutter gestorben war, meine Schwiegermutter zu bescheren, die mich liebte wie meine eigene Mutter (sie wäre nicht nur bereit gewesen, sich scheintot zu stellen, in ihrer direkten Art ging sie später so weit, sich zum Wehrbezirkskommandeur durchzuschlagen und ihn ein »schwachsinniges, spießiges, idiotisches Stück« zu nennen, weil er mir einmal nicht den Urlaub verlängern wollte, als meine kleine Tochter Scharlach hatte). Andere Absichten: meinem Vater in Gestalt des alten Bechtold auf Lebensdauer einen Gesprächspartner zuzuführen, mit dem er über die Nazis schimpfen konnte, oder Engels jüngsten Bruder Johann, der ein leidenschaftlicher Zigarettenraucher war, für die Dauer der Tabakrationierung, also für fast elf Jahre, mit meiner Ration zu versorgen. Möglicherweise hat diese lenkende Vernunft auch einen ökonomischen Ausgleich im Sinn gehabt: Wir hatten Geld, die Bechtolds nicht. Sicher bin ich nur, was den Kaffee betrifft: Keine Familie wäre in den Zeiten, die wir kommen sahen, ohne Kaffee so aufgeschmissen gewesen wie die Bechtolds. Jedes einzelne Familienmitglied fragte bei jeder Gelegenheit: »Soll ich noch etwas Kaffee machen?«, obwohl man jederzeit sicher sein konnte, daß schon vier- oder fünfmal Kaffee aufgegossen worden war. Später, als der Krieg wirklich ausbrach, beging ich gleich zwei Kapitalsünden auf einmal: Ich huldigte sowohl der Statistik wie der Psychologie: indem ich den Bechtoldschen Kaffeeverbrauch von etwa zweihundert Pfund jährlich auf fünfundsiebzig herabsetzte, die Kriegsdauer – ob aus Pessimismus

oder mystischer Verliebtheit in die Ziffer 7 weiß ich nicht –
auf sieben Jahre und meinen Vater veranlaßte, eine entsprechende Menge Rohkaffee sicher einzulagern. Und ich
hämmerte meiner Schwiegermutter Sparsamkeit im Kaffeeverbrauch ein, entwarf vor ihrem entsetzten Auge das
Bild einer kaffeelosen Epoche, wenn sie nicht sparsam sei.

4

Bevor ich fortfahre, will ich feierlich versichern, daß von
jetzt ab das Fäkalienthema so erledigt ist, wie Chopin
schon auf Seite 93 war. Auch mit der Schilderung erzieherischer Maßnahmen bei militärischen Organisationen bin
ich am Ende. Es könnte zu leicht der Verdacht entstehen,
dieses Erzählwerk wäre antimilitaristisch oder gar abrüstungsfreundlich bzw. aufrüstungsfeindlich. O nein, es
geht um Höheres, um – wie jeder unvoreingenommene
Leser längst weiß – um die Liebe und um die Unschuld.
Daß die Umstände, unter, die Details, mit denen ich beides hier zu schildern versuche, die Erwähnung gewisser
Formationen, Organisationen, Institutionen notwendig
macht, ist nicht meine Schuld, sondern die eines Schicksals, mit dem jeder hadern mag, soviel er Lust hat. Meine
Schuld ist es nicht, daß ich deutsch schreibe, im Kartoffelkeller einer deutschen Schicksalsgemeinschaft von deren
oberstem Anführer zum Juden gebrüllt, im Hinterzimmer
eines rumänischen Trödlerladens von einer hübschen Jüdin zum Deutschen geküßt wurde. Wäre ich in Ballaghadereen geboren, so würde ich mit möglichst dunkler Tinte
oder möglichst weichen Bleistiften auf möglichst weißem
Papier von der Liebe und von der Unschuld unter ganz
anderen Umständen, mit anderen Details erzählen. Von
Hunden und Pferden und Eseln würde ich singen, von
lieblichen Maiden, die ich nach dem Tanz hinter der Hecke
geküßt, denen ich versprochen hätte, was zu halten ich
vorhatte, dann aber nicht halten konnte: die Ehe. Von

Heide, Moor, vom Wind, der in Torfgräben heult, dunkles Wasser in dunklen Torfgräben peitscht, daß sie aufwallen wie der schwarze Tweedrock einer Maid, die sich ertränkte, weil der, der sie küßte und ihr die Ehe versprach, Priester wurde und von dannen zog. Viele Seiten würde ich beschreiben, um das Lob der Hunde von Dukinella zu singen; diese klugen und treuen Tiere, reinrassige wie Bastarde, hätten längst ein Denkmal in Worten verdient. So, wie es aber ist, spitze ich den Bleistift aufs neue, nicht um Unerfreuliches zu berichten, sondern zu berichten, was war – und so kehren wir seufzend nach Köln zurück, in jene Straße, die im westlichen Halbkreis von drei Minuten um den Perlengraben herum zu finden wäre, wenn sie gefunden werden könnte. Versunken ist sie nicht, weggefegt worden ist sie, weggekratzt, und um im Malheft diese Seite nicht vollkommen blank zu halten und dem Unsinn Tür und Tor zu öffnen, gebe ich drei kleine Merkmale bekannt: ein Zigarettengeschäft, ein Pelzgeschäft, eine Schule und viele gelblich-weiße Häuserfassaden, fast von der Farbe, doch nicht von der Größe, wie ich sie in Pilsen sah. Ich schlage vor, daß gelehrige und folgsame Malschüler drei Bagger zeichnen, von denen je einer das Pelz-, das Zigarettengeschäft und die Schule wegträgt, und über die Seite als Motto schreiben: »Arbeit macht frei.«

Schlimm ist nur, daß niemand wissen wird, wo sie die Plakette aufhängen sollen, wenn Engel eines Tages in den Geruch der Heiligkeit kommt. Ich weiß sehr wohl, daß ich nicht die Ritenkongregation vertreten, ohne Advocatus diaboli gar keine Heiligsprechung anregen darf, aber da meine Konfessionszugehörigkeit ungeklärt ist, wird's, hoffe ich, niemand kränken, wenn ich einer Kirche, zu der ich wahrscheinlich nicht gehöre, einen Heiligen zuschanze. Es geschieht – wie alles in diesem Erzählwerk – ohne Absicht. Natürlich wird die Tatsache, daß Engel mir sowohl Heiratsvermittler wie Schwager gewesen ist, Böswillige sofort zu einem »Aha« veranlassen, aber kann ich nicht, da für die Malvorlage die Rubrik Religionszugehörigkeit freibleiben muß, wenigstens darauf hinweisen, daß ich mit Engel vierzehn Tage lang zusammengewesen bin, und so ein wenig vom Geruch der Heiligkeit dazu benutzen, den Geruch der Fäkalien endgültig aus diesem Erzählwerk zu vertreiben? Ich sehe schon, man gönnt's mir nicht und wittert Absichten. So lasse ich's dann, schon deshalb, weil Höflichkeit (angeblich) keine theologische Kategorie ist. Außerdem lebt mein Vater noch, ist längst nicht mehr Wechselkirchgänger, sondern gar keiner mehr, gibt mir keinen Einblick in seine Steuererklärung, schimpft immer noch gemeinsam mit dem alten Bechtold, meinem Schwiegervater, über die Nazis. Die beiden widmen sich ganz einem weiteren gemeinsamen Interesse: Kölner Schichten zu ergründen. Sie buddeln in einem Schacht, den mein Vater in unserem Hof hat graben und überdachen lassen, und versichern glaubhaft, wenn auch kichernd, die Überreste eines Venustempels entdeckt zu haben. Meine Schwiegermutter ist auf ihre reizende Art katholisch, ganz nach dem Kölner Motto: »Was katholisch ist, bestimmen wir hier selbst.« Wenn ich notgedrungen über Glaubensfragen mit ihr spreche (ich bin Vater einer vierundzwanzigjährigen Tochter, die auf innigen Wunsch meiner verstorbenen Frau katholisch erzogen wurde, dann aber evangelisch heiratete, selbst wieder Mutter eines auf ihren innigen Wunsch katholisch erzogenen dreijährigen Töchterchens ist), ihr an Hand glaubhafter Informationen beweise, daß ihre Ansicht nicht mit der von ihrer Kirche amtlich bezeugten übereinstimmt, so tut sie das mit einem Spruch ab, den ich nur zögernd wiedergebe: »Dann hat sich eben der Papst geirrt.« Und wenn gar – was manchmal unvermeidlich ist – kirchliche Amtsträger zugegen sind und ihrem Privatpapismus widersprechen, bleibt sie unbeirrt und beruft sich auf etwas, das so wenig beweisbar wie widerlegbar ist: »Wir Kerkhoffs (sie ist eine geborene Kerkhoff) sind immer Instinktkatholiken gewesen.« Es ist nicht meine Sache, ihr das auszureden. Ich habe sie zu gern. Um die Verwirrung über diese liebenswürdige

Person (die während des Krieges einmal eigenhändig einen Feldjäger, der nach ihrem desertierten Sohn Anton fahndete, die Treppe hinunterwarf, buchstäblich warf) zu vervollständigen, füge ich als Detail fürs Malheft noch hinzu, daß sie sechs Wochen lang Zellenleiterin der KP gewesen ist, bis ihr klar wurde, daß »diese Sache« mit ihrem Instinktkatholizismus nicht übereinging, außerdem eine Rosenkranzbruderschaft geleitet hat und noch leitet.

Ich schlage als Grundierung für wenigstens eine der Seiten, die ihr im Malheft gewidmet werden, ein Blau vor, wie jedermann, der je den Himmel über Neapel gemalt hat, es sicher bereit hat. Wenn der Leser jetzt »gar nicht mehr weiß, was er von ihr halten soll«, habe ich mein Ziel erreicht, und nun darf jeder zu Farbstiften, Malkasten oder Palette greifen und meiner Schwiegermutter jene Färbung geben, die für ihn der Ausdruck für »zwielichtig« oder »skandalös« ist. Ich schlage ein mattes, auf Rot zu changierendes Lila vor. Sehr viel mehr werde ich über meine Schwiegermutter nicht berichten, sie ist mir zu kostbar, als daß ich sie ins volle Licht stellen möchte, ich halte den größeren Teil von ihr in meiner privaten Dunkelkammer fest. Gern gebe ich noch äußere Merkmale von ihr preis: Sie ist klein, ursprünglich zart gewesen, »aber tüchtig in die Breite gegangen«, immer noch trinkt sie ungewöhnliche Mengen Kaffee, hat sich im hohen Alter, mit zweiundsiebzig, noch ans Rauchen begeben und befaßt sich mit ihren Enkelkindern auf »ganz und gar unfaire Weise«: Die Kinder meines verstorbenen Schwagers Anton, der ein »erklärter Atheist und vollkommen linker Bruder war«, zwei junge Mädchen zwischen achtzehn und einundzwanzig, schleppt sie in die Küche ab, betet mit ihnen Rosenkranz und sagt ihnen das Glaubensbekenntnis vor; die Kinder meines überlebenden Schwagers Johann (ein Junge, ein Mädchen, zehn bzw. zwölf), die in starrer Kirchengläubigkeit erzogen werden, »impft sie mit Renitenz und Aufruhr«. (Alles, was in Anführungsstrichen steht, sind wörtliche Zitate von ihr.)

Ich bin für sie immer noch »der nette Junge, der meine Hilde so glücklich gemacht und mit meinem Engel monatelang (dabei waren es nur zwei Wochen) Scheiße getragen hat«. (Wieder bin ich um der historischen Echtheit willen gezwungen, das harte Wort zu nennen.) Beides hat sie so wenig vergessen wie die Tatsache, daß »er mich in Krieg und Frieden immer mit Kaffee versorgt hat«. Vielleicht spricht es für sie, daß sie meine materiellen Verdienste immer zuletzt nennt. Im übrigen hält sie mich für »wahnsinnig naiv«, schon deshalb, weil ich »tumb genug war, es soweit kommen zu lassen, daß regelrecht auf ihn geschossen, daß er sogar getroffen wurde«.

Dafür hat sie kein Verständnis. Sie meint, ein »intelligenter Mensch, der tatsächlich und nachweisbar mit der Sache (damit meint sie in diesem Fall die Nazi-Angelegenheit) nichts zu tun hatte, hätte das vermeiden müssen«. Wahrscheinlich hat sie recht, und wenn ich mit ihr zu argumentieren beginne und sie daran erinnere, wie Engel gestorben ist, sagt sie: »Du weißt ganz gut, daß Engel nicht intelligent oder mehr als das war«, und damit hat sie recht. Ich weiß selbst nicht, warum ich es dazu kommen ließ, daß tatsächlich auf mich geschossen, daß ich sogar getroffen wurde, warum ich mich, obwohl »vom Schießen befreit«, in die Schußlinien begab, ohne selbst zu schießen. Es bleibt ein dunkler Punkt in meinem Bewußtsein und meinem Gewissen. Wahrscheinlich war ich es einfach leid, Chopin zu hören; vielleicht war ich auch nur des Westens müde und sehnte mich nach dem Osten; ich weiß nicht genau, was es war, das mich das Attest des beratenden Ophthalmologen der Heeresgruppe West einfach ignorieren ließ. Hildegard schrieb damals, sie verstehe mich, aber ich selber verstand mich nicht. Meine Schwiegermutter hat schon recht, wenn sie das Wort tumb mit meiner damaligen und heutigen Haltung in Zusammenhang bringt. Es bleibt vollkommen ungeklärt, dunkel, und ich bevollmächtige jeden, mit schwarzer Tusche und einem Wattebausch mir dort, wo mein Bewußtsein untergebracht sein müßte, einen saftigen Klecks ins Malheft zu hauen. Den Gedanken an Desertion jedenfalls hatte ich aufgegeben, es lockte mich nicht, die jeweilige Gefangenschaft mit irgendeiner zu vertauschen. »Was spielen denn die Russen so auf dem Klavier?« fragte mich meine Schwiegermutter, wenn ich aus der Schußlinie vorübergehend nach Hause kam. Ich sagte wahrheitsgemäß, ich hätte erst ein paarmal Klavierspiel gehört und immer Beethoven. »Das ist gut«, sagte sie, »sehr gut.«

Hier, in der Mitte unseres Idylls, will ich eine Pflicht nachholen und eine oder zwei Seiten für die Errichtung einer Andachtsnische vorschlagen, in der ich nur die Gefallenengedenktafel für die Verstorbenen dieses Erzählwerks ausfülle.

1. Hildegard Schmölder, geborene Bechtold, geboren am 6. Januar 1920, gestorben am 31. Mai 1942, während eines Bombenangriffs auf Köln in einer Straße Nähe Chlodwigplatz. Ihre sterblichen Überreste wurden nie gefunden.
2. Engelbert Bechtold, genannt Engel, geboren am 15. September 1917, erschossen am 30. 12. 1939 zwischen Forbach und St. Avold von einem französischen Posten, der ihn, der nur überlaufen wollte, für einen Angreifer gehalten haben muß. Seine sterblichen Überreste wurden nie gefunden.
3. Anton Bechtold, geboren am 12. Mai 1915, erschossen an einem Februartag 1945 hinter der Terrasse des Café Reichard in Köln, zwischen dem jetzigen Funkhaus und der jetzigen Domherrensiedlung, nicht weit vom Verkehrsamt, just in front of the cathedral, wo heute ahnungslose Touristen und noch ahnungslosere Rundfunkredakteure Eiskaffee schlürfen. Seine sterblichen Überreste wurden nicht gefunden, wohl aber sein Dossier. Er wird in den Akten als »zweimal fahnenflüchtig« bezeichnet, des Diebstahls von und Schwarzhandels mit Heeresgut sowie beschuldigt, in den Kellern zerstörter Altstadthäuser in der Nähe der Hohepforte eine

Gruppe von Deserteuren organisiert und zu regelrechten Abwehrkämpfen gegen die »Ordnungsorgane der großdeutschen Wehrmacht« formiert zu haben. Seine Witwe, Monika Bechtold, sprach einst sehr viel »darüber«, heute spricht sie »nicht mehr darüber«.

Ich gebe diese kleine Totenkapelle inmitten unseres Idylls schmucklos, sozusagen als Rohbau. Mag jeder nach Wunsch oder Geschmack Heckenrosen, Stiefmütterchen oder Liguster als Schmuck verwenden. Sogar Rosen sind erlaubt, es dürfen auch Gebete gesprochen werden, es ist sogar gestattet, über die Vergänglichkeit des Menschen in seinem Gebein zu meditieren. Die, die beten möchten, bitte ich vor allem, Anton nicht zu vergessen: Ich mochte ihn nie, ihm aber wünsche ich, wenn die Posaunen des Gerichts ertönen, einen Kuß vom lieblichsten der Engel des Gerichts, von einem Nebenengel, der nicht berechtigt ist, Posaune zu blasen, nur, sie zu putzen. Ich wünsche Anton Erlösung von seiner geheuchelten Dämonie, von seiner Verkanntheit und seiner Verkennung. Mag der Engel ihm zurückgeben, was auch er einmal gehabt haben muß: Unschuld.

5

Damit ist auch das Kriegsthema fast erschöpft, jedenfalls für die Dauer dieses Erzählwerks, und wir kehren in den tiefen, zu tiefen Frieden jenes Septembernachmittags zurück, an dem ich Hildegard zum erstenmal küßte und aller schlimme Geruch plötzlich von mir genommen war.

Was die Bechtolds ihre Diele nannten, war ein etwa acht Quadratmeter großes, lichtloses Viereck, von dem fünf Türen abgingen: drei in Schlafzimmer, eine in die Küche, eine ins Badezimmer. An den schmalen Mauerstürzen zwischen den Türen waren Garderobenhaken direkt in die Wand geschlagen. Kleider, Mäntel, Jacken, Schals, zerschlissene Morgenröcke und »Mutters komische Hüte«

baumelten daran, und bei jeder Gelegenheit klemmte sich manches in jede sich öffnende Tür, mußte rasch beiseite geschoben werden, manchmal von innen, wobei Hände geklemmt wurden.

In dem Augenblick, als Hildegard in meinen Armen lag, öffneten sich drei Türen: Frau Bechtold kam aus der Küche, der Alte aus dem Schlafzimmer, Anton und Johann aus ihrem Zimmer, und die vier stimmten gemeinsam – Hilde, die fünfte, weinte stumm und selig an meiner Brust – den Choral an: »Seht ihn! Wie? Als wie ein Lamm.«

Spätestens hier wird der kluge Leser wissen, was wir, er und ich, nun auch dem weniger klugen Leser nicht länger vorenthalten sollten: daß dieses Erzählwerk wirklich eine reine Idylle werden soll, in der Kloakendüfte dieselbe Funktion haben wie anderswo Rosendüfte, in der die Auseinandersetzung mit dem Krieg vermieden oder zumindest sehr reduziert wird, die Nazi-Angelegenheit wie etwas zwischen Schnupfen und Schwefelregen abgetan werden soll, und wenn auf einer der nächsten Seiten auch noch Engel und ich, räumlich voneinander getrennt, doch gemeinsam in die SA eintreten, wenn auch nur fiktiv, denn wir machten unseren Dienst ja anderswo und trugen nie die schreckliche SA-Uniform, so weiß jedermann, daß ich doch besser in Ballaghadereen geboren wäre, nicht das Kölner Wappen, sondern besser eine Leier als Wasserzeichen für mein Briefpapier gewählt hätte. Umsonst bin ich Deutscher, vergebens Kölner, und wenn ich noch gestehe, daß ich nach dem Krieg den väterlichen Kaffeehandel übernahm und mich im Augenblick standhaft weigere, empört oder beunruhigt zu sein, wenn der Umsatz des soeben abgelaufenen Jahres sich als dreikommasieben Prozent weniger gesteigert erwies als der Umsatz des Vorjahres, der um vierkommaneun Prozent gegenüber dem des Vorvorjahres gesteigert werden konnte, dann wird einleuchtend, daß meine Schwäger recht hatten, wenn sie mir den Spitznamen »Gänseblümchen« gaben. Vergebens versuche ich die Nervosität meines Prokuristen durch Gratifikationen zu beruhigen. Meine Anspielungen auf den feurigen Wagen, der Elias in den Himmel entführte, versteht es nicht, sowenig wie die Tatsache, daß ich meiner dreijährigen Enkelin erlaube, mit unseren komplizierten und kostspieligen Buchungsmaschinen zu spielen; und wenn ich die Reparaturrechnungen dem Finanzamt aufbrumme, ist er empört, moralisch entrüstet, wie über die Tatsache, daß ich diese Errungenschaften der Wissenschaft als Weiterentwicklungen des Webstuhls bezeichne. Seine Befürchtung, es ginge »abwärts«, schreckt mich nicht. Wohin sonst sollte es gehen? Ich muß mich zurückhalten, wenn ich zum Leystapel hinunter, die Frankenwerft entlang gehe: mich nicht hineinzuwerfen in die dunklen Fluten des Rheins. Nur die Hand meiner Enkelin hält mich zurück und der Gedanke an meine Schwiegermutter. Was soll mir der Kaffeehandel, wo ich Teetrinker bin?

Mein Vater und mein Schwiegervater halten mich nicht zurück. Ihr Alter hat sie über eine neue Schwelle des Genießertums getragen, die so alt ist wie der Schutt, in dem sie wühlen. Sie sind »ganz mit Köln verschmolzen«, und nicht Weisheit, nur die geschwundene Potenz hindert sie daran, ihre kichernde Genüßlichkeit durch Venusfreuden zu vollenden. Der alte Bechtold, dessen proletarische Bravour mir einst imponiert hat, ist ganz soigniert geworden, und nicht nur die hechelnden Zungen, wenn die Alten aus ihrem Schacht hochsteigen, einen Stein oder eine bekritzelte Scherbe ans Tageslicht fördern, erinnern mich an Hunde. Ihr Kichern bestärkt in mir den Verdacht, daß wir nur Köder gewesen sind: Engel, Hildegard, ich, jeder ein Köder für jeden – und im Hintergrund muß immer jemand gekichert haben. Was mit uns geschah oder von uns getan wurde, paßte immer jemand: ob wir Kaffee abwogen, Fäkalien trugen, auf uns schießen ließen, lebten oder starben. Der Tod meiner Mutter paßte vorzüglich: den Bechtolds, mir, sogar meinem Vater, der ihre »Leiden nicht mehr mit ansehen konnte«; auch ihr, sie konnte die Visagen und Uniformen nicht ertragen, war nicht fromm und nicht unschuldig, nicht erfahren und nicht verdorben genug, in einer Kloake zu leben. Was der evangelische Pastor an ihrem Grab sagte, war so peinlich, daß ich es nicht wiederholen möchte. Gewisse Erscheinungsformen der Heuchelei übergehe ich mit himmlischer Höflichkeit. Wenn die Posaunen des Gerichts ertönen, werden die Engel ihm hoffentlich nicht alle Worte, die er in seinem Leben gesprochen hat, wie ein ganzes Gebirge aus Zuckerwatte in den Mund zurückwürgen.

Als er nach der Beerdigung meinem Vater und mir kondolierte, blickte er mißbilligend auf meine Zivilkleider, flüsterte streng: »Warum tragen Sie nicht das Kleid der Ehre?«, und dieser Bemerkung wegen erkläre ich ihn hiermit zur unsympathischsten Person dieses Erzählwerks, für weitaus unsympathischer als den Anführer, der uns im Kleid der Ehre den Schneckensegen erteilte. Dem Pfarrer hielt ich nur stumm meine schmutzigen Fingernägel hin, wie zum Appell. Das ist die einzige absichtliche Frechheit, der ich mich rühmen kann. Ich sah ihn erst zwanzig Jahre später als Onkel meines Schwiegersohnes bei der Trauung meiner Tochter wieder, hielt ihm wieder meine – diesmal sauberen – Fingernägel hin, und das war keine absichtliche Frechheit, sondern, wie jeder Psychologe weiß, nur eine simple Reflexbewegung. Er wurde knallrot, stotterte, als er weitersprach, lehnte unsere Einladung zum Frühstück ab, und mein Schwiegersohn ist mir heute noch böse, weil ich »die Harmonie des Tages« gestört habe.

Dieses Vor- und Zurückgreifen mag den Leser nicht nervös machen. Spätestens im siebten Schuljahr weiß ja jedes Kind, daß man das Wechsel der Erzählebene nennt. Es ist nichts anderes als der Schichtwechsel in der Fabrik; d. h.: Bei mir sind durch diese Wechsel die Stellen markiert, wo ich meinen Bleistift neu spitzen muß, bevor ich weitere Striche und Punkte liefere. Man sieht mich hier als Einundzwanzigjährigen, als Dreiundzwanzigjährigen, wird mich als Fünfundzwanzigjährigen sehen, dann erst wieder als fast Fünfzigjährigen. Man sieht mich als Bräutigam, als Ehemann, dann erst wieder als Witwer und Großvater – fast zwanzig Jahre sind unbeschriebene Blätter, für die ich wohl einige dekorative Formen, aber keinerlei Inhalte liefern werde. Gehen wir rasch mit neugespitztem Bleistift auf die Ebene »Nachmittag des 22. September 1938, gegen Viertel nach fünf« zurück.

6

Das Begrüßungslied ist verklungen, ich spüre Hildegards Tränen feucht auf Hals und Wangen, einige ihrer langen Haare liegen, lochnerblond, auf meinem weißen Hemd. Aus der offenen Küchentür dringt der Geruch frisch aufgegossenen Kaffees – wer wird mir einen Tee machen in diesem Haus? –, frischgebackenen Rodons (anderswo Gugelhupf geheißen). Durch die offene Schlafzimmertür sehe ich Anton Bechtolds Staffelei, auf der ein wüstes, ganz in Violett und Gelb gehaltenes Malwerk eindeutig (für meinen Geschmack *zu* eindeutig) als eine auf violetter Couch ruhende nackte Frau zu erkennen ist. Durch die andere offene Tür erblicke ich einen ganzen Stapel Lederstücke, ungefähr fünfzig mal achtzig Zentimeter groß, rotgelb, einen Schusterstuhl und eine in einem riesigen, als Teich mit Schwänen aufgemachten Aschenbecher verqualmende Zigarre. Der alte Bechtold hatte nach einem mißglückten Vergleichsverfahren und einem geglückten, aber nicht betrügerischen Bankrott seinen Schuhmacherladen schließen müssen, betrieb jetzt im Wohnzimmer eine kleine Flickschusterei und verdiente im übrigen »Brot kann man's nicht nennen, nennen wir's schlicht Luft« (Zitat von meiner Schwiegermutter) als Ledervertreter.

Verlegenes Schweigen herrscht, wie es nach Wundern wohl natürlich ist. Wenn hier einer gern fragen möchte: »Woher wußten die Bechtolds, daß Sie kommen würden, und wenn sie wußten, daß Ihre Mutter gestorben war – woran übrigens genau gestorben? –, wie konnte Engelbert ihnen dann so rasch Nachricht zukommen lassen, daß der Empfang für Sie so gut vorbereitet werden konnte?«, so bleibt mir als einzig ehrliche Antwort jenes Achselzucken des vollkommen Ahnungslosen, mit dem ich schon so manchen Frager zur Verzweiflung gebracht habe. Wenn ich gar noch erkläre, daß das Lager jener Schicksalsgemeinschaft mehr als dreihundert Kilometer von Köln entfernt und mitten in jenen Wäldern lag, aus denen die meisten der Grimmschen Märchen stammen; daß Engel permanente Ausgangssperre hatte, die Bechtolds zwar gewußt haben müssen, daß ich kam, aber nachweislich nicht wußten, daß meine Mutter gestorben war – so kann ich nur auf englische Boten oder tam-tam-artige Nachrichtenmittel verweisen; *ich* jedenfalls weiß keine andere Erklärung – und mitten in dieses verlegene Schweigen hinein sagte der alte Bechtold mit einer Kopfbewegung, die mich gruseln machte (sie erinnerte mich so an Schergenkopfbewegungen): »Am besten macht ihr's gleich mit ihm ab.« Ich wurde aus Hildegards Armen gerissen, in Richtung Staffelei weggeführt, eine Tür wurde hinter mir zugeworfen. Ich sah zwei unordentliche Betten, zwei Kommoden, ein Bücherregal mit verdächtig wenig Büchern (etwa sieben bis zehn), aber viel Malzeug, im übrigen aber etwa zwölf frische Malwerke, die alle einer von Anton gemalten Sündenserie entstammten (»Sünde bürgerlich, Sünde kleinbürgerlich, Sünde proletarisch, Sünde kirchlich« etc.). Ich wurde auf eine hölzerne Wäschekommode gedrückt, Johann gab mir einen ledernen Würfelbecher in die Hand und forderte mich auf, »auf dem Fußboden mein Glück zu versuchen«. Ich schüttelte den Würfelbecher, stülpte ihn auf den Boden – es war mein erstes und letztes Würfelspiel, und doch nickten Anton und Johann anerkennend zu meiner Technik. Ich warf zwei Fünfen und eine Sechs, was den rauchenden Johann veranlaßte, wütend mit seiner Zigarette in die Luft zu schnippen und »Scheiße« (Zitat!) zu rufen. Ich muß hier zur Ergänzung beifügen, daß diese beiden männlichen Bechtolds im Gegensatz zu

Engel und ihrem Vater dunkelhaarig, klein, zäh waren und kleine Teufelsschnurrbärtchen trugen. Als ich, nachdem die beiden kümmerliche Zweien und Dreien gewürfelt hatten, schüchtern nach dem Einsatz fragte, wurde ich stumm aufgefordert, ein zweites Mal zu würfeln, und als ich dieses Mal zwei Fünfen und eine Vier warf, stießen die beiden düstere Worte aus, die ich mit der gleichen himmlischen Höflichkeit übergehe wie des Pfarrers Heuchelei. Gewisse Formen männlicher Offenheit in der Sexual-Terminologie sind mir so verdächtig wie Zuckerwatte, es sei denn, es handele sich wie bei Zuhältern um Berufsjargon. Ich war wohl auch wegen meines Umganges mit Zuhältern in diesem Punkt etwas verwöhnt, stilempfindlich: Jedenfalls errötete ich nicht, was die beiden erwartet zu haben schienen. Ich schwitzte, spürte, daß der schlimme Geruch mir plötzlich wieder anhaftete, erfuhr aber erst, als ich auch die dritte Runde klar gewonnen hatte, worum hier gewürfelt wurde: Wer von den drei Brüdern Bechtold das schwere Los auf sich nehmen sollte, in die SA einzutreten. Ich war ausersehen, stellvertretend für Engel den Würfelbecher zu schwingen. Dem alten Bechtold war von einem ehemaligen Schulkameraden, dem u. a. die Lederversorgung der SA-Stürme Köln Mitte-Süd, -West und -Nord oblag, angedeutet worden, er könne »mit einem beträchtlichen Auftrag rechnen, wenn sich wenigstens einer deiner Söhne entschließt, in unsere Reihen einzutreten«. Daß trotz Widerspruchs meiner Schwiegermutter einer eintrat, trotz meiner Würfelsiege Engel es war, der um Aufnahme in die SA bat, ich ihn dort nicht allein lassen wollte und gleichzeitig mit ihm um Aufnahme bat; daß wir beide unglückseligerweise angenommen wurden, obwohl unser oberster Anführer uns ein sehr schlechtes Zeugnis ausstellte, ich nicht einmal einen Taufschein vorweisen konnte – solche komplizierten Vorgänge zu erläutern oder gar glaubhaft zu machen, übersteigt meine Fähigkeiten: Ich schlage für diese Seite des Malheftes ein wildes Bleistiftgewölle vor, das als stilisiertes Dickicht gelten mag.

Wenn ich nun noch gestehe, daß ich jede, aber auch jede Kriegsweihnacht, wo immer ich sie auch verbringen mochte (eine verbrachte ich im Gefängnis), ein Päckchen mit einem halben Pfund Spekulatius, drei Zigaretten und zwei Printen geschickt bekam mit dem Absender »SA-Sturm Köln Mitte-Süd« und einem hektographierten Schreiben, das anfing mit »An unsere SA-Kameraden an der Front« und unterzeichnet war mit »Euer Euch mit seinen Wünschen begleitender Sturmführer«, so weiß jeder, daß ich mit Recht in die Kategorie der Nutznießer des Systems eingeordnet worden bin, wenn auch der alte Bechtold nie seinen Auftrag bekam und niemals auch nur eine Unze Leder an die SA verkaufte. Es ist bitter genug, Torheiten zu begehen, noch bitterer aber sind vergebliche Torheiten. Immerhin setzt mich dieses Geständnis in die Lage, für sechs meiner Lebensjahre einen saftigen Beitrag für die jeweilige Seite des Malheftes zu liefern: je einen viereckigen, etwa sechs mal acht Zentimeter großen Karton.

Ich will nicht versäumen, den außer meinem Vater, meiner Schwiegermutter und meinem Schwiegervater einzig Überlebenden des Jahres 1938 zu erwähnen: meinen Schwager Johann. Nach sündhafter Jugend ließ er sich im Krieg tatsächlich stählen und reinigen, kehrte, ganz der (katholischen) Religion seiner Väter zurückgegeben, als ehemaliger Feldwebel der Infanterie heim, studierte, promovierte, ergriff die ehrenwerte Laufbahn eines Textilkaufmanns (Dr. rer. pol.), tut heute seinen verstorbenen Bruder »als radikal linken Vogel« ab. Mich behandelt er mit Mißtrauen, weil der Makel der SA-Mitgliedschaft immer noch an mir haftet. Natürlich weigere ich mich aus himmlischer Höflichkeit, ihn an die Würfelszene im Schlafzimmer meiner Schwäger zu erinnern. Ich glaube, wenn ich ihn tatsächlich daran zu erinnern versuchte, würde er mich anblicken, als wäre ich ein Lügner.

Wenn ich weder meine Tochter noch meine Enkelin, nicht meinen Schwiegersohn noch meine Schwiegermutter als Überlebende oder einfach Lebende hier erwähne, so deshalb, weil ich mit ihnen noch etwas vorhabe. Ich werde sie in der Reihenfolge, in der sie mir sympathisch sind, auf den abschließenden Seiten dieses idyllischen Malheftes als Schlußsteine verwenden. Ich werde sie ein wenig behauen, stilisieren, auf daß sie sich einfügen und dekorativ wirken.

Wenn meine Schwiegermutter damals auf einer raschen Hochzeit bestand, geschah das nicht aus Berechnung, wenn sie mir auch immer wieder gesteht, wie froh sie war, ihre Tochter so gut unter die Haube zu bekommen. Es war ihre Sorge um Legalisierung und Sanktionierung von etwas, das sie »evidente Sinnlichkeit« und »dieses ewige Miteinander« nannte. Sie gab auch offen zu, daß sie Angst vor »unehelichen oder verdächtig kurz nach der Hochzeit geborenen Enkelkindern« habe. Da ich großjährig war, die Fotokopiermaschinen im Zuge der Arier-Nachweis-Bewegung auf Hochtouren liefen, jede Urkunde rasch um geringen Preis zu beschaffen war (außer meinem Taufschein), gab's nach einer hastigen und tristen Beerdigung (meiner Mutter) eine hastige Hochzeit, von der sogar ein Foto existiert. Hildegard wirkt auf diesem Foto überraschend melancholisch, man kann die höhnisch grinsenden Gesichter meiner beiden Schwäger bewundern. Es gibt eine standesamtliche Heiratsurkunde mit Hakenkreuzen und Hoheitsadlern, in der ich als »Student der Philologie, zur Zeit Arbeitsmann« bezeichnet werde. Da unser Bund auf Hildegards Wunsch auch kirchlich gesegnet wurde, gibt es auch eine kirchliche Heiratsurkunde mit dem Stempel der Pfarre St. Johann Baptist. Ein Hochzeitsfrühstück gab's in der Bechtoldschen Wohnung (»Nein, das laß ich mir nicht nehmen, nein«), es wurde auch eine Quadrille und eine Polonaise improvisiert, bevor wir in das hastig gemietete möblierte Zimmer Nähe Chlodwigplatz (Monatsmiete 25 Mark) entlassen wurden, um eine Ehe zu führen, die etwa dreiundzwanzig Stunden hätte dauern dürfen, doch fast eine Woche dauerte. Wenn jugendliche und auch ältere Leser diese Dauer als zu kurz für eine Ehe halten, so erlaube ich mir darauf hinzuweisen, daß schon manche Ehe von zwanzigjähriger Dauer nicht eine Woche gedauert hat, und wenn die Tatsache, daß ich nicht schon am ersten Tag, sondern erst am siebten verhaftet und in eine (andere) Zwangsgemeinschaft geführt wurde, Mißtrauen gegen oder Verachtung für die damaligen Behörden erweckt, muß ich auf die Standhaftigkeit der Sippe Bechtold und meines Vaters verweisen, die uns als »mit unbekanntem Ziel verreist« erklärten. Wer uns wirklich verraten hat, ist nie herausgekommen. Ich wurde im Butter-Eier-Käse-Geschäft Batteux auf der Severinstraße verhaftet, als ich, immer noch in olivgrüner Hose, mit einem blauweißgestreiften Einkaufsnetz Butter und Eier (schon auf Marken) für unser Frühstück kaufte (die frischen Brötchen hatte ich schon im Netz), während Hildegard unser Zimmer aufräumte. Tumb, in eine Art glückseliger Zeitlosigkeit versunken, nahm ich die beiden Kerle in olivgrünen Uniformen, die mich plötzlich am Arm packten, für einen bösen Traum, die Schreie der netten Verkäuferinnen bei Batteux für Sympathiekundgebungen (was sie auch waren). Ich leistete Widerstand, stieß auch (gegen meine Gewohnheit) Schimpfworte aus, zeigte bei den späteren Verhören nicht nur keine Reue, sondern offenbar etwas, das in den Akten hübscherweise als »trotziger Stolz« vermerkt ist. Die restlichen Wochen, die ich in der Schicksalsgemeinschaft hätte verbringen müssen, verbrachte ich in Gefängnissen und Verliesen verschiedener Art, wenige Tage davon im Kölner Stadtgefängnis, aus dem heraus ich den schriftlichen Antrag auf Aufnahme in die SA stellte. Engel habe ich nie, Hildegard erst eindreiviertel Jahr später wiedergesehen. Wir durften ein paar zensierte Briefe wechseln; ein zensierter Brief ist für mich nie ein Brief gewesen, als Lebenszeichen lasse ich ihn gelten. Einige illegale Besuche, die Hildegard mir, ich ihr abstattete, kann ich nicht als Ehe, nur als Rendezvous bezeichnen. Inzwischen war ich, mit einem entsprechenden Dossier ausgestattet, von der einen in die andere Schicksalsgemeinschaft übergewechselt, führte noch einmal im Jahr 1940, als meine Tochter geboren wurde, fünf Tage Ehe, noch einmal vierzehn Tage im Anfang des Jahres 1941, nachdem ich von jener Kopfverletzung genesen war, die ein Franzose mir verschaffte, der allen Grund hatte, mich für seinen Feind zu halten. Ich lief nämlich in ihn hinein, als er nachts mit zwei Maschinengewehren, die aus der Waffenkammer meiner damaligen Schicksalsgemeinschaft stammen mußten, über die Straße lief. Ich bat ihn in bestem Oberinnenfranzösisch, mich doch nicht in eine Situation zu bringen, die mich zu Unhöflichkeiten – welche, wußte ich überhaupt nicht – zwingen könne, die Dinger einfach hinzuwerfen und wegzulaufen, oder meinetwegen *mit* den Dingern so wegzulaufen, daß ich, ohne unhöflich zu sein, ihm folgen könne, ohne ihn einzuholen, denn an Kampfhandlungen liege mir nichts – aber er ließ mich gar nicht ausreden, schoß mir mit seiner Pistole in den Kopf, ließ mich blutüberströmt auf der Straße liegen und brachte mich in die peinliche Lage, »mich überraschenderweise als Held zu entpuppen«, wie der Anführer der Schicksalsgemeinschaft es später nannte. Dieser Zwischenfall ist mir äußerst unangenehm, ich erwähne ihn nur aus kompositorischen Gründen.

Damit ist sowohl das Kriegs- wie das Ehethema erschöpft, und es werden fortan nur noch die Rosendüfte des Friedens herrschen. Notwendigerweise noch – aus quantitativen Gründen – zu erwähnende Kriegs- und Nachkriegselemente werde ich stilisiert bieten: entweder in Jugendstil, Spitzweg- oder Makart-Manier. Sie werden jedenfalls in Epochen der Kunstgeschichte zurücktransponiert, die sie postkartenreif machen. Dem Krieg gegenüber empfinde ich nicht gerade wie als Teetrinker gegenüber dem Kaffeehandel, eher wie ein Fußgänger gegenüber den Autos.

7

Als solcher – wie ein Fußgänger gegenüber den Autos – biete auch ich hier in einem besonderen Abschnitt etwas zeitgeschichtliches Material. Ich biete es roh, nackt, werde nicht meinen Bleistift, nur meine Schere damit befassen. Mag jeder damit oder draus machen, was er will: für seine Kinder Ornamente herausschneiden oder sich die Wände damit tapezieren. Das Material ist auch nicht lückenlos, sondern sehr lückenhaft; wer will, mag sich einen Papierdrachen zusammenkleben und es hoch in die Lüfte steigen lassen oder sich mit der Lupe darüberbeugen und die Spuren der Fliegen zählen. Vergrößert oder verkleinert: Das Material, das ich biete, ist echt; was einer damit anfängt, geht mich nichts an. Vielleicht eignet es sich gut, eine Art Trauerrand um die Seiten des Malheftes daraus zu kleben. Ich nahm das alles damals zwar wahr, aber nicht für wirklich – und so überlasse ich es jedem, sich seine eigene Wirklichkeit daraus zu bilden.

In Aachen fand das erste Reichsschachturnier der NSG »Kraft durch Freude« statt. Ein gewisser John verteidigte sich dort französisch, ein gewisser Lehmann damenindisch, Zabienski holländisch. Ein gewisser Tiltju schlug einen gewissen Rüsken, der mit seiner sizilischen Verteidigung nicht zum Zug kam.

In London trafen sich deutsche und englische Frontkämpfer und drückten ihren gemeinsamen Wunsch, ihre Sehnsucht nach einem *wirklichen* Frieden aus.

In Berlin tagten Tierpsychologen. Es wurde während dieser Tagung festgestellt, daß die Tierpsychologen Bundes-, Kampf- und Arbeitsgenossen der Menschenpsychologie seien. Besonders nachdrücklich sprach ein Professor Jaensch zur Psychologie des Haushuhns und sagte, manche Probleme der Menschenpsychologie könnten von der

Psychologie des Huhnes sehr stark gefördert werden, weil im Weltbild des Huhnes der Gesichtssinn ebenso das Leitende sei wie im Weltbild des Menschen. Das Huhn – sagte er – sei das Haustier des Psychologen, während man das Kaninchen als das Haustier des Physiologen bezeichnen könne.

Gleichzeitig fand in Berlin ein Kongreß für Heizung und Lüftung statt, in dessen Verlauf einige Lüftungsgrundsätze sowie die Lüftungsregeln des VDI eingehend besprochen wurden.

Bombenstimmung wie noch nie versprach in Köln ein Lokal, das sich Zillertal nannte. Millowitsch spielte ›Das Ekel‹, das Schauspielhaus ›Der Widerspenstigen Zähmung‹.

In Köln auch trafen an diesem Tag fünfunddreißig Hitler-Urlauber ein, die von irgendeinem Präsidenten herzlich begrüßt und drauf hingewiesen wurden, daß in diesen Tagen die Augen der ganzen Welt auf das Rheinland gerichtet seien.

Natürlich ging auch damals in Europa die Zahl der Geburten zurück.

Die Kameraden des ehem. I. R. 460 und der 237. I. D. kündigten ihr nächstes Treffen an. Im Salzrümpchen an der Rechtschule.

Was den Fußball betrifft, so stellte sich an diesem Tag die große Frage: Behaupten sich die Tabellenführer?

In einer flott geschriebenen Reportage wurde über den Fortgang der Befestigungsarbeiten im Westen des Reiches geschrieben:
Da wir um die Ecke biegen, nähert sich auch schon die

von zwei kräftigen Pferden den Berg heraufgezogene dampfende Feldküche. Es riecht nach Sauerkraut und Wellfleisch.

Es ist nicht leicht, einen bestimmten Platz zu finden. Alles ist noch so neu hier. Niemand kann hier Auskunft geben. Denn der Arbeitsmann kennt nichts von der weiteren Umgebung. Er weiß seinen Arbeitsplatz, er weiß den Weg zu seinem Lager. Das genügt ihm. Jeder gibt auch nur ungern und zögernd Auskunft. Alle haben ein gesundes Mißtrauen.

Überall sind Lager, eine ganze Menge von ihnen haben wir schon an unserem Weg gelassen, aber wir wollen dahin, wo gestern Dr. Ley gewesen ist.

Dort drüben ist ein Gemeinschaftslager im wahrsten Sinne des Wortes. Männer aus allen deutschen Stämmen haben sich hier zusammengefunden: aus Mecklenburg, aus Pommern, Hamburg, Westfalen, Thüringen, Berlin und auch aus »Köln« eine stattliche Zahl. Wir wissen es aus dem Krieg, daß da immer Humor und gute Stimmung waren, wo in einem Truppenteil ein paar Kölner sich befanden. So ist es auch hier. Aber davon hängt es allein nicht ab. Die gute Stimmung hier, sagt der Chefkoch, ist das beste Zeichen dafür, daß die Leib- und Magenfrage gut geregelt ist. Wir glauben ihm das aufs Wort, denn der Rest des Mittagessens, das für uns übriggeblieben ist, schmeckt vorzüglich. Die Arbeitsfront hat die Verteilung der Lebensmittel in der Hand, sie beaufsichtigt diese Dinge genauso wie die ideelle Betreuung der Arbeitsmänner, und man muß zugeben, daß alles nur menschenmögliche getan wird. Jeder Mann bekommt je Tag: 125 Gramm Fleisch, 750 Gramm Kartoffeln, 250 bis 500 Gramm Gemüse je nach der Sorte, 750 Gramm Brot, 83 bis 70 Gramm Butter, 125 Gramm Wurst, Käse oder etwas Derartiges, außerdem zusätzlich Schokolade, Zigarren, Zigaretten oder Konserven.

Der Filmwagen ist dauernd unterwegs, in den Lagern ist für Rundfunk gesorgt, Büchereien sind vorhanden, Schach- und andere Gesellschaftsspiele, auch Sportgeräte.

Wir haben es doch mit eigenen Augen gesehen: Unsere Front im Westen steht. Deutsche Arbeit steckt in diesem Werk. Es ist das ganze deutsche Volk, das sich hier einen Schutzwall baut.

Mit KDF nach Griechenland und Jugoslawien. Fünf Ozeanriesen fahren 1938/39 nach dem Süden. Die NS-Gemeinschaft »Kraft durch Freude« hat für den kommenden Winter 1938/39 ein Programm von Mittelmeerreisen aufgestellt, das alles bisher Dagewesene übertrifft.

Ein Oberst im Generalstab mit dem Namen Foertsch veröffentlichte eine grundsätzliche Betrachtung über den Sinn der Reserveübung. Er gab in nüchternen Worten zu bedenken, daß die *personelle Wehrkraft* eines Volkes vor allem in den ausgebildeten Reserven liege. Gewisse negative Augenblicksstimmungen bei denen, die zum Wiederholungsdienst aufgefordert würden, sagte er, würden schnell verflogen sein, wenn sich jene Erkenntnis wieder eingestellt habe, die am Heldengedenktag 1935 das ganze Volk *einmütig* aufatmen ließ, als es die Wiedereinführung der Wehrpflicht vernommen habe. Die Erkenntnis des *Sicherungsbedürfnisses* des Staates und der *Opferwille der Nation*, das seien die Pole, zwischen denen das Ausmaß für die Durchführung der Sicherung zu suchen sei. Wenn eine ganze Generation, so schrieb er weiter, vier Jahre eines unbeschreiblichen Heldenkampfes durchführen konnte, dann nur deswegen, weil dieser Generation vier Wochen Übungszeit auch in der Reserve nicht zuviel gewesen seien.

Das Amt für Rechtsberatungsstellen der DAF gab eine Entscheidung des Reichsarbeitsgerichts bekannt (Nr. 154/37), worin sich das Reichsarbeitsgericht mit der fristlosen Entlassung als Folge der *Ablehnung des Beitritts* zur DAF befaßt. Das Amt für Rechtsberatungsstellen stimmte dieser Entscheidung – daß fristlose Entlassung die Folge der Weigerung sein müsse – zu. Eine *fristgemäße* Kündigung wegen Nichtmitgliedschaft zur DAF werde ohnehin schon lange als unangreifbar erachtet, darüber hinaus sei auch eine *fristlose* Entlassung zulässig, wenn der Nichteintritt aus gemeinschaftsfeindlicher Einstellung zu erklären sei.

Ausschneiden – Aufbewahren – Aufkleben
Jedes Haus muß für die Brandbekämpfung im Luftschutz vorbereitet sein und mindestens über einfache Luftschutzgeräte verfügen.
1. Wassereimer in möglichst großer Zahl.
2. Wasserfaß mit mindestens 100 Liter Inhalt.
3. Feuerpatsche zum Ausschlagen der Flammen und Bekämpfung schwer erreichbarer Brandherde. Sie besteht aus einer Stange mit einem Stück Tuch, das vor Gebrauch ins Wasser getaucht wird.
4. Sandkiste mit mindestens 1/4 Kubikmeter Sand oder Erde und einfacher Sandschaufel (z. B. Kohlenschaufel) oder
5. Schippen, Spaten, Schaufel.
6. Äxte und Beile.
7. Einreißstange (Holzstange mit Stahlhaken).
8. Leine (lange, kräftige Wäscheleine).

Solche Geräte sind größtenteils in den Haushalten vorhanden oder können ohne besondere Unkosten hergestellt werden. Bei Aufruf des Luftschutzes müssen die Geräte nach den Anweisungen des Luftschutzwartes im Treppenhaus verteilt aufgestellt werden.

Wetteraussichten: Bei schwachen bis mäßigen, um Süd drehenden Winden morgens stärker dunstig, sonst heiter, zeitweise wolkig und mäßig warm. Weitere Aussichten: Trocken und freundlich. An der Grenze zwischen subtropischer Warmluft und milder Meeresluft kam es gestern über dem nordwestlichen Frankreich und dem Kanalgebiet zu Niederschlägen. Diese schwache Störungslinie vermochte jedoch nicht, ihren Einfluß wesentlich nach Osten auszudehnen. Infolge allgemeinen Druckanstiegs über West- und Mitteleuropa konnte andererseits das osteuropäische Hochdruckgebiet weiter nach Westen vorgreifen. Die atlantische Störungstätigkeit, die sich heute morgen durch einen Sturmwirbel zwischen Irland und Neufundland kenntlich macht, wird vorerst auch für Westdeutschland nicht wetterwirksam.

Höchsttemperatur: 23,3 Grad, Tagesmittel: 19,2 Grad, Tiefsttemperatur der letzten Nacht: 15,4 Grad. Keine Niederschläge.

Ein Bildhauer legte Wert darauf, der Öffentlichkeit mitzuteilen, daß ein Adler-Hoheitszeichen, das im Auftrag des Heeresbauamts für ein Stabsgebäude entworfen, von einer altbewährten Kunstschlosserei erstellt wurde – von *ihm* aber entworfen worden war.

Um auch nichtrheinischen Lesern Einblick in damalige Mutter-Poesie zu geben, übersetze ich ein plattkölsch geschriebener Gedicht aus jenen Tagen in halbwegs annehmbares Hochdeutsch:

> Junge, sieh dich in der Welt um,
> es kann dir nichts schaden,
> Mutter ist nicht traurig darum,
> all deine Kameraden
>
> sind längst aus dem Elternhaus,
> sind nach Süden, nach Westen,
> Mutter macht sich nichts draus.
> »Junge, du warst der beste.
>
> Wie es dir auch draußen geht,
> nie darfst du vergessen,
> wo dein Heimathäuschen steht,
> und daß ich dich vermisse.«

> Wie tapfer doch so eine Mutter ist,
> tapferer als tausend Mann.
> Dabei ist es ganz gewiß,
> daß sie, wenn du draußen bist,
> froh ist, wenn sie weinen kann.

Daß der Weltkongreß der Friseure in Köln angekündigt wurde, daß zwanzig Nationen ihre Teilnahme zugesagt hatten, daß zum erstenmal die Weltmeisterschaft der Friseure ausgetragen werden sollte, ein Wettbewerb um den von Dr. Ley gestifteten Wanderpreis angekündigt wurde – wird alle Bewohner wenigstens der Stadt Köln mit berechtigtem Stolz erfüllen.

Wenn ich hier noch von gewissen Aktivitäten des Kaninchenzüchtervereins in Bergisch Gladbach berichte, so geschieht das nicht, um diese redlichen Menschen dem Spott auszuliefern. Auch nicht irgendwelcher Kompositionsüberlegungen im Zusammenhang mit dem oben erwähnten Kongreß der Tierpsychologen wegen, sondern aus einem gewissen Gerechtigkeitsgefühl, und besonders, weil einige meiner Freunde in diesem Städtchen wohnten. Der Kaninchenzüchterverein Bergisch Gladbach kündigte seinen alljährlichen Familienausflug an, der diesmal ins Blaue führen sollte. Freunde und Gönner waren herzlich eingeladen, sich dem zu erwartenden Frohsinn nicht zu verschließen.

Daß fürs selbe Städtchen die Krieger- und Landwehrkameradschaft ihren Monatsappell ankündigte, die Ortsverwaltung der NS-Gemeinschaft Kraft durch Freude fröhliche und genußreiche Stunden versprach, erwähne ich nur der Vollständigkeit halber.

Noch einige Kleinigkeiten muß ich hier erwähnen, vorsichtshalber, denn obwohl sie »jedes Kind weiß«, besteht Grund zu der Annahme, daß nicht jeder Erwachsene sie weiß, und so notiere ich eben vorsichtshalber noch einmal, was »jedes Kind weiß«:

Daß in den Wochen um den 22. September herum, vielleicht gar an diesem Tag, im Kaiser-Wilhelm-Institut in Berlin-Dahlem jener neue Typus von Kernreaktionen entdeckt wurde, der uns allen bekannt ist. Wenige Monate später wurden mit aller Vorsicht, die der Wissenschaft eigen ist, die ersten Forschungsberichte publiziert, und wieder einen Monat später wußten die Kernphysiker in der ganzen Welt, daß die Atombombe technisch möglich war, ein neues Zeitalter sich ankündigte.

Daß an diesem Tag, dem 22. September 1938, der englische Premierminister Neville Chamberlain in Bad Godesberg eintraf, um über die sogenannte Sudetenkrise zu beraten, weiß nicht nur jedes Kind, fast schon jeder Säugling, ich wiederhole, bekräftige es hier nur für Erwachsene. *Als Chamberlain*, so schreibt ein Chronist jenes denkwürdigen Tages, *von Köln kommend eintraf, blickte er mit sichtlicher Freude aus seinem Fenster in das sonnenüberglänzte Rheintal hinaus und äußerte seine volle Zufriedenheit über die Wahl dieser sinnbildlich freien Aussicht. Er ließ sich mit jenem freundlichen und offenen Lächeln fotografieren, das durch seinen kühnen Flug gewissermaßen über Nacht in der ganzen Welt berühmt wurde.*

8

Meine dreijährige Enkelin nennt mich nie Großvater, immer nur Du oder Wilhelm; wenn sie mit anderen über mich spricht, sagte sie »er hat« oder »Wilhelm hat«. So bin ich nie gefaßt, wenn sie mich nach ihrer Großmutter fragt. Ich erzähle ihr dann, während wir am Leystapel, der Frankenwerft entlang bis weit ans Kaiser-Friedrich-Ufer und zurück spazieren (langsam, ich bin schwach auf den Beinen), von Anna Bechtold, meiner Schwiegermutter: wie sie ihrer Händel mit den Feldjägern wegen im Siegburger Zuchthaus saß, zweimal ausbrach, einmal sich bis Gremberghoven, das andere Mal bis Köln-Deutz durchschlug, beide Male geschnappt wurde. Ich mache das balladesk auf, erzähle es im Ton einer Schinderhannes-Saga, lasse die niedersausenden Bomben heulen, Granaten krachen, schildere die Feldjäger in ihrer vollen abschreckenden Martialität. Dann zerrt die kleine Hilde mir ungeduldig an der Hand, macht mich darauf aufmerksam, daß sie nicht von ihrer Urgroßmutter, sondern von der Großmutter erzählt haben will. Ich klettere genealogisches Geäst hinauf und hinunter, bis ich den entsprechenden Zweig erreicht zu haben glaube, und erzähle ihr von Katharina Berthen, der Mutter ihres Vaters, meines Schwiegersohnes, einer Dame, die ich möglichst meide, obwohl sie eine Schönheit, mir gleichaltrig ist und seinerzeit Bestrebungen im Gange waren, mich mit ihr zu verkuppeln: Sie erinnert mich zu sehr an die neckische Schar meiner Kusinen, deren Pfänderspiele mir in düsterer Erinnerung sind, düsterer als das professionelle Liebesgemach jener Dame Hertha, mit der ich so oft, wenn auch nicht in eigner Sache, Briefe gewechselt hatte. Die ungeheuerliche Mattigkeit professioneller Lasterhaftigkeit, nach fünf Berufsjahren fast schon wieder etwas wie Unschuld. (Ist er wirklich tot? Ja. Mit eigenen Augen gesehen? Ja. Wo? Ach – kein gedämpfter Trommelklang. Und er aß so gern Karamelpudding.) »Natürlich, die Berthen entstammen einer uralten Kölner Familie, schon im...« Nein, mit beiden Händen zerrt sie an meinem Arm wie an einem Glockenseil. Großmutter, das ist Hildegard. Es ist nicht leicht, sich vorzustellen, daß es jemand gibt, der an Hildegard als an seine Großmutter denkt. Was kann ich von ihr erzählen? Nichts. Daß sie blond war und sehr lieb, Gardinen so gern hatte wie Bücher und Geranien; daß sie bei Batteux immer mehr Eier bekam, als ihr zustanden? Wer vermag Unschuld zu schildern? Ich nicht. Wer vermag der Liebe Glück und Wonnen zu schildern? Ich nicht. Soll ich meiner dreijährigen Enkelin Hildegard wie einer Musterungskommission vorführen: sauber gewaschen und nackt? Ohne mich. Etwa drei Dutzend Frühstücke einzeln aufführen? Ich nicht. Einem dreijährigen Kind zu erklären, was Entfernung von der Truppe ist, ist gar nicht so schwer, aber von *welcher* Truppe, das traue ich mir nicht zu. Daß Menschwerdung dann beginnt, wenn einer sich von der jeweiligen Truppe entfernt, diese Erfahrung gebe ich hier unumwunden als Ratschlag an spätere Geschlechter. (Nur vorsichtig sein, wenn geschossen wird! Es gibt Idioten, die zielen und treffen!) Meiner Enkelin gegenüber beschränke ich mich auf eine Spitzweg-Variation: Eine hübsche junge Frau beugt sich aus ihrem Dachstübchen auf die Fensterbank hinaus, begießt mit einer gelben Gießkanne ihre Geranien. Im Hintergrund steht Dostojewskis ›Idiot‹ neben ›Palma Kunkel‹, den Grimmschen Märchen und ›Michael Kohlhaas‹ im Küchenschrank zwischen zwei Porzellantöpfchen, auf denen REIS und ZUCKER zu lesen ist, vor dem Schrank ein Kinderwagen, in dem ein Säugling brabbelt, dem jemand (ich! ich schlage mir reuevoll an die Brust!) aus Koppelschlössern und Hanfschnur eine Rassel gemacht hat. Auf den Koppelschlössern könnte man mit dem Fernglas des Schnüfflers einen von Ähren flankierten Spaten erkennen. (War das meine Mutter? Ja.) Wenn ich statt Leystapel und Frankenwerft Holzmarkt und Bayenstraße als Spazierweg wähle, mich dann in die Allee am Ubierring drängen lasse, zerrt kindliche Beharrlichkeit mich unerbittlich in die Straße hinein, deren Namen ich einmal preisgab, deren Lage ich einmal verriet. (Wo stand das Haus? Da. Wo war euer Zimmer? Ungefähr da. Wieso ist meine Mutter nicht von der Bombe getroffen worden? Sie war bei der Großmutter. Du meinst Urgroßmutter? Ja.) Feierlich verspreche ich, was ich zu halten gedenke: ihr aus dem Idioten, aus Michael Kohlhaas und Palma Kunkel vorzulesen. Aus den Grimmschen Märchen habe ich ihr schon vorgelesen. Unsere Spaziergänge Richtung Bayenstraße enden meistens bei der Urgroßmutter.

Es wird Kaffee getrunken (nicht von mir), es wird Kuchen gegessen (Rodon, der anderswo Gugelhupf heißt, nicht von mir), es werden Zigaretten geraucht (nicht von mir), Rosenkränze gebetet (nicht von mir). Ich verschränke währenddessen meine Hände auf dem Rücken, gehe ans Fenster, blicke aufs Severinstor. Wenn irgendwelche Flugzeuge über der Stadt erscheinen oder – wie die Zeitungen es so hübsch nennen – über diese hinweghuschen, überfällt mich jenes plötzliche, fast epileptische Zucken, das meine Gesundheit so umstritten macht, und spätestens hier weiß jeder, was kluge Leser längst heraushaben: daß ich Neurotiker bin. Diese Anfälle dauern oft lange, auf dem Heimweg fange ich an, die Beine nachzuschleppen, mit den Armen zu zucken. Neulich erklärte eine Mutter ihrem etwa fünfzehnjährigen Sohn, indem sie mit dem Finger auf mich zeigte, laut und vernehmlich: »Siehst du, das ist ein echter Parkinson« – was ich nicht bin. Daß ich manchmal beim Anblick von Baggern ins gleiche Zucken verfalle, vor mich hinflüstere »Arbeit macht frei«, veranlaßte neulich einen jungen Mann, hinter mir herzusagen: »Auch so einer.« Da ich – eine Folge der Kopfverletzung – auch noch stottere und nur Gesungenes mir glatt von den Lippen strömt, und was böte sich zum Singen Geeigneteres als der Vers »Deutsche Frauen, deutsche Treue, deutscher Wein und deutscher Sang«, bleibt mir ohnehin manches »Auch so einer!« nicht erspart. Ich bin daran gewöhnt. Die meistens schmutzigen Fingernägel bei sauberen Händen, die Tatsache, daß ich keine Kriegsbeschädigtenrente beansprucht habe, also keinen Ausweis besitze, der die Herkunft meiner offensichtlichen Lädierungen bescheinigt, bringt mir zusätzliche »Auch so einer« ein. Hartnäckig verweigere ich diesen Tribut an den gesunden Menschenverstand.

Ratschläge nehme ich nur von meiner Schwiegermutter hin. »Du mußt dich rasieren. Kümmere dich mehr ums Geschäft. Ärgere dich nicht über diesen Berthen, den deine Tochter leider geheiratet hat. Näht dir denn keiner Knöpfe an? Komm her!«

Tatsächlich: Im Nähen bin ich ungeschickt, und ich liefere gern ins Malheft für alle meine Lebensjahre zwischen einundzwanzig und achtundvierzig noch je ein Dutzend abgerissener Knöpfe, runde und längliche. Die runden mag der Leser so beliebig verwandeln und kolorieren wie die länglichen. Wenn ihm der Sinn danach steht, darf er die runden in Gänseblümchen oder Kamillenblüten verwandeln, er kann sie auch zu Münzen oder Uhren machen, zu Vollmonden, von oben gesehenen Zucker- oder Steckdosen, alles, was rund ist, sei seiner Phantasie als Knopfvariation erlaubt. Er kann Parteiabzeichen draus machen, SOS-Plaketten. Die länglichen Knöpfe, wie sie an Dufflecoats und einschlägigen Kleidungsstücken immer viel zu lose angenäht sind, eignen sich gut zur Verwandlung in Weinbrandbohnen, Halbmonde, Vanillekipferl oder Kommas, Christbaumschmuck oder Sicheln. Für jedes Lebensjahr bis 1949 rücke ich großzügig je ein Dutzend runder, für jedes Lebensjahr nach 1949 je ein halbes Dutzend runder und länglicher Knöpfe heraus und gebe noch einige abgerissene Reißverschlüsse drein, die sich vorzüglich zur Verwandlung in Dornengestrüpp oder Stacheldraht eignen. Winzige Hemdknöpfe – leider nur runde – streuen wir einfach noch – wie Zucker auf den fertigen Kuchen – ein paar Händevoll hinterdrein. Strumpflöcher, Hemdenlöcher, auch sogenannte Fünfen sind reichlich vorhanden, für Schnüffler besonders geeignet, denn wie jedes Kind weiß (ich sag's hier nur noch mal für Erwachsene, deren Gedächtnis so schwach ist), ist nichts so archäologieträchtig wie ein Loch. Ein Witwer, wie ich es bin, der sich immer so standhaft geweigert hat, Nähversuche zu machen, wie er sich standhaft geweigert hat, seine Schuhe zu putzen, hat Löcher genug zu bieten. Neulich sagte mir einer der wenigen Schuhputzer, die hier aufzutreiben sind, in vorwurfsvollem Ton: »Was ein gepflegter Schuh ist, scheinen Sie auch nicht zu wissen.« Sicher war er einmal

Spieß, und erziehen müssen die Deutschen ja immer. Meine Schwiegermutter erzieht mich nicht, sie zupft nur an mir herum, nimmt Flusen vom Mantel, rückt meine Schultern gerade, indem sie die Wattebäusche in Rock und Mantel »zur Fasson bringt«, sie bückt sich, um meine Schuhriemen (nicht zu lösen, sondern) festzuziehen und einzustecken. Sie setzt mir den Hut auf, rückt ihn so, wie sie es für schick hält (damit meint sie, was in den Zwanzigern schick war), bricht unverhofft in Tränen aus, umarmt mich, küßt mich auf beide Wangen und behauptet, ich sei ihr immer mehr Sohn gewesen als alle ihre Söhne, außer Engel natürlich, »der viel mehr als ein Sohn war«. Ihren Sohn Johannes bezeichnet sie schlicht als »Miefer«, ihre Schwiegertöchter als »überflüssige Belästigung« und ihren Mann als »abtrünnigen Proleten«, der, seit er sich auch noch einen Pudel zugelegt hat (gelbes Halsband, gelbe Leine), für sie vollkommen erledigt ist. »Wenn wir geschieden wären, könnten wir nicht geschiedener sein.« Und wenn sie hinzufügt: »Du bist immer noch von der Truppe entfernt«, dann weiß ich, was sie meint.

Hin und wieder lade ich sie zum Essen ein, spendiere ihr anschließend eine Taxifahrt durch Köln, um ihr so recht vor Augen zu führen, wie man eine zerstörte Stadt zerstören kann. Ich lasse mir Essen (sie hat einen gesegneten Appetit und weiß »was Gutes« zu schätzen) und Taxifahrt quittieren, schreibe auf die Quittung »Besprechung unter Geschäftsfreunden«. Mein so moralischer wie genauer Prokurist bekommt dann jedesmal eine kleine Gallenkolik, erstens, weil es heißen muß *mit* statt *unter*, zweitens, »weil es überhaupt unkorrekt ist«. Neulich im Taxi sah mich meine Schwiegermutter mit ihren dunklen Augen »durchdringend« an und sagte: »Weißt du, was du wirklich tun, was du anfangen könntest?« – »Nein«, sagte ich beunruhigt. »Du könntest dein Studium wieder aufnehmen«, sagte sie. Und es gelang ihr somit, mich zum erstenmal seit achtzehn Jahren zum Lachen zu bringen, auf eine Art, die ich ohne jede Einschränkung als herzhaft bezeichnen möchte. Zum letztenmal lachte ich so herzhaft, als mich ein amerikanischer Leutnant als »focken German Nazi« bezeichnete. Wahrscheinlich haben beide recht (gehabt): meine Schwiegermutter und der amerikanische Leutnant. Ich sang damals mit halblauter Stimme vor mich hin, was ich jetzt fast schon zwanghaft oft vor mich hinsinge, besonders, wenn ich auf der Reichard-Terrasse sitze: »Deutsche Frauen, deutsche Treue, deutscher Wein und deutscher Sang...«

Manchmal sitzen wir auch miteinander auf der Reichard-Terrasse, und ich lasse sie, ohne Kommentare zu erwarten, zu geben oder gar Trost anzubieten, still vor sich hinweinen, über ihre verstorbenen Kinder und die Tatsache meditieren, daß keins ihrer toten Kinder auf einem Friedhof Ruhe gefunden hat. Kein Grab zu schmücken, nicht Traum und Täuschung jener sanften blumengeschmückten Stille, die Friedhöfe für Romantiker (wie mich) so anziehend macht, für Neurotiker (wie mich) zu wahren Sanatorien, wo sie unter Bäumen und Büschen im Anblick Unkraut jätender Witwen (merkwürdigerweise gibt es kaum Unkraut jätende Witwer) über die Vergänglichkeit des Menschen in seinem Gebein meditieren.

Just in front of the cathedral, auf der Terrasse des Café Reichard, habe ich allen Grund, mir zu wünschen, ich stünde auf dem Marktplatz von Ballaghadereen und könnte dort auf den nächsten Zirkus warten, der in etwa acht Monaten kommen wird.

Wenn meine Enkelin mich fragt, warum ihre Urgroßmutter denn weine, ist sie den Kellnern und deren Kundschaft, denen eine »merkwürdig angezogene, weinende alte Frau« peinlich ist, näher als uns, rückt uns mit einer solchen Frage in die Kategorie der Neandertaler. Meine Tochter und mein Schwiegersohn »weigern sich glatt«, mit uns auszugehen. Meine Tochter hat noch Respekt genug, die Gründe für diese Weigerung nicht zu analysieren, aber mein Schwiegersohn bezeichnet uns als »irgend etwas zwischen Schwachsinn und Asozialität«. Die Enkelin hat noch jene Unschuld, die uns für sie gesellschaftsfähig macht. Wollte ich ihre Frage beantworten und ihr erklären, daß hier zwei oder drei Meter von uns entfernt einer ihrer Großonkel erschossen worden ist, sie würde mir weniger glauben als ihren beiden Urgroßvätern, die ihre Ausgrabungsergebnisse so genau zu datieren wissen. Wollte ich ihr gar erklären, daß es Menschen gibt, die an Gräbern, an Hinrichtungsstätten weinen, besonders dann, wenn einer der Hingerichteten ihr Sohn war, so würde wahrscheinlich sogar die Kleine schon wissen, daß solche Gefühlsäußerungen nur auf Komplexen oder Ressentiments beruhen. Nicht einmal der Hinweis auf die heilige Maria, die am Kreuz geweint haben soll, würde meine Schwiegermutter vor solchen Vokabeln, die Erschießung meines Schwagers Anton vor irgendwelchen Film-Assoziationen retten. Nicht weil, sondern obwohl sie katholisch erzogen wird, ist auch die Kleine nicht mehr zu retten. Sie wird ihre Religion wie ein Spezialparfüm tragen, das in einigen Jahren Seltenheitswert haben wird.

Während meine Schwiegermutter leise vor sich hinweint, ihre Tränen mit einem viel zu großen Taschentuch trocknet, meine Enkelin Eis ißt, denke ich mir einen echt brasilianisch klingenden Namen für unsere Rechnung aus, die ich meinem gewissenhaften Prokuristen als Steuerbeleg auf den Schreibtisch zu legen gedenke. Ich schwanke zwischen Oliveira und Espinhaço, die ich hiermit zu Kaffeepflanzern oder Großhändlern ernenne und mit denen geschäftliche Besprechungen gehabt zu haben ich jederzeit beschwören werde. Ich werde den Schwurfinger heben, Oliveira oder Espinhaço aktenkundig machen. Wahrscheinlich werde ich ihm noch eine Margarita oder Juanita anhängen, der Blumen ins Hotel geschickt zu haben ich auch beschwören werde.

Muß ich, da ich schon bekannt habe, Teetrinker zu sein, mich noch dazu äußern, was mir der Kaffeehandel bedeutet? Nichts natürlich. Ich spüre nicht die geringste sittliche Bindung an diesen Geschäftszweig. Ich unterschreibe ungesehen alles, was mein Prokurist mir hinlegt. Hin und wieder nehme ich – notgedrungen – an Besprechungen teil mit Pflanzern, Großhändlern, Bankiers, und selbstverständlich habe ich für diese Zwecke im Schrank hängen, was man einen »schwarzen Anzug« nennt. Mein Stottern und mein nervöses Zucken wirken nicht nur attraktiv, sondern geradezu vornehm. Sie geben mir das Air einer gewissen Dekadenz, die durch die Tatsache, daß ich ostentativ Tee trinke, verstärkt wird. Auch nur andeutungsweise private Gespräche schneide ich mit einer kurzen Handbewegung und mit einer Miene ab, die das Beiwort angewidert verdient. Vertraulichkeiten sind mir immer unangenehm gewesen, und das »Menschlichwerden« erinnert mich zu sehr an Unmenschlichkeit. Mein Schwiegersohn, der an diesen Besprechungen teilnimmt, meinen Stil einerseits natürlich bewundert, andererseits aber (aus verständlichen Gründen) haßt, blickt mich dann an, als wäre ich eine ausgegrabene Statue, die sich überraschenderweise zu bewegen beginnt.

Bald werde ich ganz zu meiner Schwiegermutter ziehen, wahrscheinlich auch ihrem genialen Rat folgen, »meine Studien wieder aufzunehmen«. Ich muß nur noch abwarten, bis die Übergabe des Geschäfts an meinen Schwiegersohn rechtlich und faktisch vollzogen ist. Er selbst hat mich gewarnt, mir nahegelegt, die einzelnen Paragraphen unseres Vertrages genau durchzulesen »und nicht auf eine Humanität zu vertrauen, die es im Geschäftsleben einfach nicht gibt«. Dieser Hinweis ist fast human, auf jeden Fall gewissenhaft, und da ich gewissenhaften Menschen, die keinen Stil haben, mißtraue, werde ich den Vertrag mit Vorsicht studieren. Der alte Bechtold hat sein Zimmer schon längst geräumt, doch es liegen dort noch Lederproben umher, und sein Schusterstuhl steht noch da (er hat ihn bei fünf Umzügen mitgeschleppt), obwohl er von dem Tag an, da ich mit seinen Söhnen um den Eintritt in die SA würfelte, keinen Schuh mehr repariert hat. Das Zimmer soll noch neu tapeziert, meine Möbel müssen noch aufgestellt werden. Für unser Zusammenleben hat Anna Bechtold ein Programm aufgestellt: »Von der Truppe entfernt studieren.« Ich habe ihr versprochen, endlich, nach mehr als zwanzig Jahren, herauszufinden, was es mit dem »rheinischen Gulden« auf sich hat, von dem Hildegard am Abend vor ihrem Tod, als sie die kleine Hildegard zur Großmutter brachte, so erregt gesprochen hat. Natürlich werden wir »Verwandtenbesuche empfangen«, wir haben, schon aus Versorgungsgründen, nicht vor, unseren Eingang zu vermauern. Johannes, der »Miefer«, wird kommen, die »lästigen Schwiegertöchter«, Enkelkinder, Urenkel. Mein Schwiegersohn wird hin und wieder kommen und mir durch ein pfiffiges Lächeln zu verstehen geben, daß es ihm doch gelungen ist, mich zu betrügen, und sein Gewissen wird ganz rein sein, weil er mich ja gewarnt hat. Sogar die romantischen Vorstellungen meiner Schwiegermutter über eine »Studentenbude« nehme ich hin. Da sie erfahren im Umgang mit »möblierten Herren« ist, übernehme ich, da ich selbst keine habe, ihre aus den Zwanzigern stammende Vorstellung von »schick«, die sie bisher nur an meinen Hüten hat praktizieren können. Sie hat sich sogar bereit erklärt, die Zubereitung von Tee zu studieren.

Habe ich schon notiert, daß sie zwar nicht Analphabetin ist, aber doch des Schreibens fast unkundig, und daß ich ausersehen bin, das Diktat ihrer Memoiren entgegenzunehmen: mit möglichst schwarzer Tinte auf möglichst weißes Papier? Sollte ich es noch nicht notiert haben, so hole ich es hiermit nach.

9

Mein Schwiegersohn bittet mich, da ich schon Familiengeheimnisse ausplaudere, um »etwas mehr Publicity, notfalls negative«, für sich und seine Frau. Meiner Tochter gegenüber bin ich in einer peinlichen Situation: Bei Kriegsende, als sie vier Jahre alt war, hatte sie tausend Bombenangriffe hinter sich (meine Schwiegermutter hat sich geweigert, Köln zu verlassen, »gerade weil zwei meiner Kinder hier gestorben sind«) – und ich kann meiner Tochter einen gewissen Lebenshunger, der sich an der Oberfläche als nervöser Materialismus zeigt, nicht übelnehmen. Selbst ihre allerliebenswürdigsten Seiten – sie redet wenig, ist großzügig – sind mit Nervosität grundiert. Sie hat nicht viel Geduld mit mir (auf Grund gewisser Schädigungen bin ich langsam: beim Aus- und Ankleiden, beim Essen, und meine gelegentlichen Anfälle erfüllen sie mit Ekel, den sie nur schlecht verbirgt), aber ich bin nur zu sehr bereit, ihr für jeden Bombenangriff zehn Peinlichkeiten zu verzeihen, und so hat sie einen nie zu erschöpfenden Kredit. Die enttäuschende Tatsache, daß sie nicht Hildegard, sondern mir ähnelt (eine Tatsache, die ihr mehr Grund zum Ärger gibt als mir), erhöht ihren Kredit. Sie ist auch auf eine nervöse Weise religiös: genau, gesetzestreu, und auf Grund ihrer mischehelichen Situation gibt sie sich im Augenblick einer Konzilseuphorie hin, die nachlassen wird wie die Wirkung einer Droge. Das Lächeln, das wir tauschen, sooft wir uns begegnen, ist nur ein abgewandeltes Achselzucken. Sie steht ganz unter dem Einfluß meines Vaters, meines Schwiegervaters, sammelt schon fleißig »antike Möbelchen«, mit denen sie meine Räume ausstatten wird, wenn ich wegziehe. Mit Innenarchitektenblick räumt sie meine Möbel schon aus, setzt ihre mit den Augen rein, mißt Abstände, Wirkungen, kalkuliert Farben, und es würde mich weder wundern noch kränken, wenn ich sie mit dem Zollstock in der Hand ertappen würde, falls ich unverhofft hereinkomme. Das ist unwahrscheinlich, auf Grund meines Schrägganges, kombiniert mit einer Beinverletzung, bin ich beim Treppensteigen so langsam wie geräuschvoll und kündige mich also frühzeitig an. Im Zusammenhang mit meiner Treppensteigtechnik habe ich schon einige Male das Wort »Schnecke« gehört. Aber den Schneckensegen hat mir noch keiner erteilt, auch von

Menschwerdung und Fäkalientragen ist noch nicht die Rede gewesen. Manchmal werde ich auch als »Idealist« bezeichnet, weil ich keine Kriegsbeschädigtenrente in Anspruch nehme. Ich bin der bescheidenen Meinung, daß meine Motive realistischer Natur sind, mit meinem Anankasmus zusammenhängen. Sogar das quantitativ wie qualitativ gleich gute, notgedrungen vorgenommene Studium männlicher Lächerlichkeit während des Krieges empfinde ich als unangenehme Bereicherung. Des Mitleids mit dieser männlichen Lächerlichkeit bin ich noch fähig, des Respekts davor nicht. Ich werde nicht resignieren, sondern studieren, was vielleicht – nicht nur, was mich betrifft – eine Erscheinungsform der Resignation ist.

Wer mich sucht, findet mich dort, wo man, ohne sich den Hals verrenken zu müssen, aufs Severinstor blicken kann.

Nachträge

Zum Juden gebrüllt, zum Deutschen geküßt, zum Christen getauft.

1. Umfassendes Geständnis
Es gelang mir nicht, den Gesichtsausdruck der beiden Bechtolds zu schildern, nachdem ich sie im Würfelspiel geschlagen hatte: Respekt, Erstaunen mischten sich mit hysterischer Verbitterung und Resignation, und als ich ihnen dann vorschlug, als Schwiegersohn die Funktion eines Sohnes zu übernehmen, in die SA einzutreten, schrien sie vor Wut: Es lag ihnen daran, Engel mit dem Makel der SA-Mitgliedschaft befleckt zu sehen.

Daß ich von meiner Mutter nicht viel mehr als ein, zwei Punkte liefere, hat seinen Grund: Sie war zu zart, sie könnte zerbrechen oder zu sehr mißlingen, und so ist es mir lieber, jeder klebt sich irgendein Klischee oder eine Art Abziehbildchen ins Malheft: bürgerliche Dame um 1938,

Mitte vierzig, zart, aber nicht etwa schmachtend. Angeekelt schon, doch nicht aus sozialen Gründen.

Daß ich Romantiker, Neurotiker, Idylliker bin, habe ich zwar schon gestanden, ich wiederhole es hier noch einmal für Erwachsene.

Ich weiß schon seit zwanzig Jahren, was es mit dem »rheinischen Gulden« auf sich hat, über den Hildegard so erregt gesprochen hat. Das Lager jener Zwangsgemeinschaft, in der ich den Schneckensegen empfing, zum Juden gebrüllt, zur Menschwerdung ins fäkalische Viertel verbannt wurde, Engel begegnete, lag tief in den Wäldern, aus denen viele der Grimmschen Märchen stammen. Die meisten Befehle, Verdammungen und Segenswünsche der Anführer dort empfing ich in dem Dialekt, den die Niederzwehrener Märchentante gesprochen haben muß, die den Brüdern Grimm die Märchen erzählt hat. Wer wundert sich da noch, daß ich Hildegard zur Hochzeit den Michael Kohlhaas und die Grimmschen Märchen geschenkt habe (den Idioten und Palma Kunkel brachte sie mit in die Ehe), daß sie viel darin las und das Märchen ›Wie Kinder Schlachtens miteinander gespielt haben‹ ihr als das eindrucksvollste, sozusagen als das aktuellste erschien. Sie muß es auswendig gekannt haben, wenn sie immer wieder hartnäckig jenen Satz wiederholt hat, den meine Schwiegermutter nicht verstand: »Sie nehmen den rheinischen Gulden – den rheinischen Gulden nehmen sie.« Ich kenne also die Zusammenhänge, komplizierte – bringe es aber nicht über mich, sie meiner Schwiegermutter zu erklären. Manches ist auch bei mir nur *Vermutung*. Die Aktualität des »rheinischen Guldens« jedenfalls steht für mich außer Frage: Wer nähme schon den Apfel, wo jedes Kind weiß, daß man für einen Gulden wahrscheinlich hundert Äpfel kaufen könnte? Alle haben Schlachtens miteinander gespielt, waren nicht Kinder, und Unschuld ist keine Münze. Wenn ich hier noch hinzufüge, daß ich seit dem Tod meiner Frau keusch gelebt habe, so ist die Peinlichkeit wenigstens vollständig, und es darf aus vollem Herzen gelacht werden. Wenn ich noch hinzufüge, daß *mein* Lieblingsmärchen das vom »singenden Knochen« ist, verstärkt sich das Lachen.

2. Moral

Es wird dringend zur Entfernung von der Truppe geraten. Zur Fahnenflucht und Desertation wird eher zu- als von ihr abgeraten, ich sagte ja schon: Es gibt Idioten, die nicht nur zielen, auch treffen, und jeder muß wissen, was er riskiert. Schußwaffen sind völlig humorlose Instrumente. Ich erinnere an Engel, an Anton Bechtold.

Die Entfernung von irregulären Truppen ist besonders gefährlich, weil sie – die meisten denkenden Menschen denken nicht weit genug – sozusagen den automatischen Verdacht auslöst, der sich Entfernende wolle zu den regulären Truppen; also, Vorsicht.

3. Interpretation

a. Die den Nonnen geschenkten gestohlenen drei (weißen) Wehrmachtsoffizierstaschentücher sind verwandelte Lilien, wie man sie vor den Altären des heiligen Joseph, der heiligen Maria, jungfräulicher Kanonisierter überhaupt findet. Sie stehen in unmittelbarem Zusammenhang mit dem *möglichst* weißen Papier, mit dem Handwaschzwang und der Abneigung gegen Musterungen und eigenhändiges Schuhputzen, mit dem offensichtlichen Reinigungsbedürfnis. Wie käme einer sonst dazu, einiger Wannenbäder wegen Diebstahl an Heeresgut zu begehen – denn obwohl die Fettkohle lothringischen Ursprungs war, gehörte sie *rechtens* der deutschen Wehrmacht – und ausgerechnet mit Nonnen so komplizierte Verhandlungen zu führen, das läßt auf einen durchgehenden Platonismus schließen.

Andererseits die häufige Erwähnung von Fäkalien, schmutzigen Fingernägeln sowie die fast wonnige Schilderung der eigenen Hinfälligkeit: ans Epileptische grenzende Anfälle, starke Gehbehinderung, krankhafte Abneigung gegen Flugzeuggeräusche, die jene Anfälle auslöst – all das läßt den Schluß zu, daß der Erzähler sich zutreffenderweise als Neurotiker bezeichnet, sich zutreffenderweise auch als romantisch und resigniert deklariert. Auch sind die elitären Elemente – selbst wenn es sich um eine Elite von Fäkalienträgern handelt – unverkennbar. Ob die Abneigung gegen den »rheinischen Gulden« mit der (völlig unverständlichen) Weigerung zusammenhängt, für im Krieg erlittene Verletzungen und Schädigungen ihm »Zustehendes« zu beantragen und zu empfangen?

b. Die Erwähnung von Hänsel und Gretel ist auf einen eindeutig zu eruierenden Sachverhalt zurückzuführen: In jenen Wäldern entfernte sich der Erzähler einige Male von der arbeitenden Truppe, irrte umher, mit einem Stück Brot in der Tasche – und eben bei diesen Gelegenheiten vermißte er »Gretels tröstende Hand«. Daß er als drittes Märchen, als sein Lieblingsmärchen, »den singenden Knochen« erwähnt, läßt auf einen Zusammenhang mit dem »rheinischen Gulden« schließen.

c. Der Versuch, Studium und Resignation gleichzusetzen oder wenigstens deren Gleichsetzung nahezulegen, ist auf eine frühe, tief eingewurzelte Abneigung gegen Botanisiertrommeln zurückzuführen.

d. Engel(bert) ist kein Symbol für einen Engel, obwohl er so heißt, als so aussehend bezeichnet wird.

e. Der Erzähler verbirgt etwas. Was?

Verzeichnis der Erstveröffentlichungen

Der Bahnhof von Zimpren. Die Zeit (Hamburg) v. 18. 7. 1958
Als der Krieg ausbrach. Frankfurter Allgemeine Zeitung v. 23. 12. 1961
Als der Krieg zu Ende war. Labyrinth (Stuttgart), Juni 1962 (u. d. T.: *Als der Krieg aus war*)
Keine Träne um Schmeck. K. Wagenbach (Hrsg.): Das Atelier, Frankfurt/M. 1962
Anekdote zur Senkung der Arbeitsmoral. Norddeutscher Rundfunk, 1. 5. 1963 (H. B.)
Entfernung von der Truppe. Köln 1964. Vorabdruck ab 27. 7. 1964 in der ›Frankfurter Allgemeinen Zeitung‹

Von Heinrich Böll sind im
Deutschen Taschenbuch Verlag erschienen:

Irisches Tagebuch (1)
Zum Tee bei Dr. Borsig (200)
Ansichten eines Clowns (400)
Wanderer, kommst du nach Spa… (437)
Ende einer Dienstfahrt (566)
Der Zug war pünktlich (818)
Wo warst du, Adam? (856)
Gruppenbild mit Dame (959)
Billard um halbzehn (991)
Die verlorene Ehre der Katharina Blum (1150; auch als
  dtv großdruck 25001)
Das Brot der frühen Jahre (1374)
Hausfriedensbruch/Aussatz (1439)
Und sagte kein einziges Wort (1518)
Ein Tag wie sonst (1536)
Haus ohne Hüter (1631)
Du fährst zu oft nach Heidelberg (1725)
Das Heinrich Böll Lesebuch (10031)
Was soll aus dem Jungen bloß werden? (10169)
Das Vermächtnis (10326)
Die Verwundung (10472)
Weil die Stadt so fremd geworden ist… (10754;
  zusammen mit Heinrich Vormweg)
NiemandsLand (10787; Hrsg. unter Mitarbeit von
  Jürgen Starbatty)
Frauen vor Flußlandschaft (11196)
Eine deutsche Erinnerung (11385)
Rom auf den ersten Blick (11393)
Nicht nur zur Weihnachtszeit (11591; auch als
  dtv großdruck 2575)
Unberechenbare Gäste (11592)
Entfernung von der Truppe (11593)
Heinrich Böll zum Wiederlesen (dtv großdruck 25023)

In eigener und anderer Sache. Schriften und Reden
    1952–1985 (5962; 9 Bände in Kassette)
In Einzelbänden lieferbar:
Zur Verteidigung der Waschküchen (10601)
Briefe aus dem Rheinland (10602)
Heimat und keine (10603)
Ende der Bescheidenheit (10604)
Man muß immer weitergehen (10605)
Es kann einem bange werden (10606)
Die »Einfachheit« der »kleinen« Leute (10607)
Feindbild und Frieden (10608)
Die Fähigkeit zu trauern (10609)

Über Heinrich Böll:
In Sachen Böll – Ansichten und Einsichten (730)
James H. Reid: Heinrich Böll. Ein Zeuge seiner Zeit (4533)

Heinrich Böll
Der Engel schwieg

Roman

Leinen

Dieser frühe, bisher völlig unbekannte Roman Heinrich Bölls erscheint 1992 – 40 Jahre nach seiner Entstehung. Er blieb unveröffentlicht, weil sein Thema: die Zeit kurz nach dem Krieg, Anfang der 50er Jahre nicht mehr opportun war. Heute zeigt sich, daß in diesem Roman alle wichtigen Motive der späteren Werke Bölls aufgenommen wurden. Für jeden, der das Böllsche Werk liebt, ist diese Liebesgeschichte, »die der Phrasenlosigkeit der heimkehrenden Generation entspricht, die weiß, daß es keine Heimat auf dieser Welt gibt« (Böll), eine Entdeckung.

»Dieses Buch ist so etwas wie der ›Böllsche Urfaust‹: er besitzt Anmut und poetische Kraft ... Unser Bild von Böll: nein, wir müssen es dieses Buches wegen nicht revidieren. Aber es erfährt eine Ergänzung und läßt sein frühes Werk in einem neuen Licht erscheinen – *Der Engel schwieg* ist fortan der Schlüssel zum Romancier Heinrich Böll.«

Jochen Hieber, FAZ

Kiepenheuer & Witsch

Heinrich Böll
im dtv

Irisches Tagebuch · dtv 1

Zum Tee bei Dr. Borsig
Hörspiele · dtv 200

Wanderer, kommst du nach Spa …
dtv 437

Ende einer Dienstfahrt · dtv 566

Der Zug war pünktlich · dtv 818

Wo warst du, Adam? · dtv 856

Gruppenbild mit Dame · dtv 959

Billard um halbzehn · dtv 991

Die verlorene Ehre der Katharina
Blum · dtv großdruck 25001

Das Brot der frühen Jahre
dtv 1374

Hausfriedensbruch. Hörspiel
Aussatz. Schauspiel
dtv 1439

Und sagte kein einziges Wort
dtv 1518

Ein Tag wie sonst
Hörspiele · dtv 1536

Haus ohne Hüter · dtv 1631

Du fährst zu oft nach Heidelberg
dtv 1725

Das Heinrich Böll Lesebuch
dtv 10031

Was soll aus dem Jungen bloß
werden?
Oder: Irgendwas mit Büchern
dtv 10169

Das Vermächtnis · dtv 10326

Die Verwundung · dtv 10472

Heinrich Böll/Heinrich Vormweg:
Weil die Stadt so fremd geworden
ist… dtv 10754

Niemands Land
Kindheitserinnerungen
an die Jahre 1945 bis 1949
Herausgegeben von Heinrich Böll
dtv 10787

Frauen vor Flußlandschaft · dtv 11196

Eine deutsche Erinnerung
Interview mit René Wintzen
dtv 11385

Rom auf den ersten Blick
Landschaften. Städte. Reisen
dtv 11393

Nicht nur zur Weihnachtszeit
dtv 11591; auch dtv großdruck 2575

Unberechenbare Gäste · dtv 11592

Entfernung von der Truppe · dtv 11593

Heinrich Böll zum Wiederlesen
dtv großdruck 25023

In eigener und anderer Sache
Schriften und Reden 1952 – 1985
9 Bände in Kassette · dtv 5962
(Einzelbände dtv 10601 – 10609)

Über Heinrich Böll:
In Sachen Böll –
Ansichten und Einsichten
Hrsg. v. Marcel Reich-Ranicki
dtv 730

James H. Reid:
Heinrich Böll. Ein Zeuge seiner Zeit
dtv 4533

Heinrich Böll
In eigener und anderer Sache
Schriften und Reden 1952–1985

Kassettenausgabe

1. Zur Verteidigung der Waschküchen Schriften und Reden 1952–1959
2. Briefe aus dem Rheinland Schriften und Reden 1960–1963
3. Heimat und keine Schriften und Reden 1964–1968
4. Ende der Bescheidenheit Schriften und Reden 1969–1972
5. Man muß immer weitergehen Schriften und Reden 1973–1975
6. Es kann einem bange werden Schriften und Reden 1976–1977
7. Die »Einfachheit« der »kleinen« Leute Schriften und Reden 1978–1981
8. Feindbild und Frieden Schriften und Reden 1982–1983
9. Die Fähigkeit zu trauern Schriften und Reden 1984–1985

(Alle Bände sind auch einzeln erhältlich)

Kassette mit Bänden, 5962

Hans Werner Richter im dtv

Foto: Isolde Ohlbaum

Geschichten aus Bansin

Bansin, der Geburtsort des Autors, ist Schauplatz dieser »Geschichten von zu Hause« über einfache Leute, Tagelöhner, Fischer, Bauarbeiter, kleine Bauern, die sich recht und schlecht durchs Leben schlagen und die an der großen Politik nur am Rande teilnehmen. dtv 10214

Ein Julitag

Eine Begegnung am Grab seines Bruders führt Christian zurück in die Zeit vor dem Krieg. Die Frau seines Bruders ist damals seine Geliebte gewesen. Sie gingen nach Berlin, im Glauben an eine bessere, sozialistische Zukunft. Statt dessen kamen die Nazis … dtv 10285

Die Geschlagenen

Dieser stark autobiographisch gefärbte Roman schildert den Weg eines deutschen Soldaten von der Schlacht am Monte Cassino in die Kriegsgefangenschaft der Amerikaner. dtv 10398

Spuren im Sand

Erinnerungen an eine Kindheit und Jugend in Pommern, die erste Liebe, diverse berufliche Fehlschläge. Die alles überragende Gestalt in diesem Entwicklungsroman ist die verständnisvoll und gelassen handelnde Mutter. dtv 10627

Im Etablissement der Schmetterlinge

Hans Werner Richter porträtiert liebevoll einige Literaten und Kritiker aus »seiner« Gruppe 47 und liefert tiefe Einblicke ins Menschlich-Allzumenschliche und hinter die Kulissen der Szene. Jahrzehntelang hat er mit der Gruppe 47 das literarische Leben der Republik geprägt. dtv 10976

Sie fielen aus Gottes Hand

Spannend wie eine Folge großer Abenteuer- und Liebesgeschichten, erzählt dieser Roman die Schicksale von Menschen, die 1945 zum Strandgut des Krieges geworden sind. dtv 10977